목련 그늘

심재상 시인 화갑 기념 문집

沈在祥 詩人 近影

문학과지성 시인선 [27]

넌 도돌이표다

심재상 시집

문학과지성사

문학과지성 시인선 [66]

누군가
그의 잠을
빌려

심재상 시집

문학과지성사

당신의 빛나는 생의 연대(年代) 위에

김창균

　요즘 이 나라는 다름을 대체로 인정하지 않는 분위기가 팽배해지고, 몇몇 집단은 이를 부추기고 있는 분위기다. 국가라는 솥에 기름이 들끓고 그 속에 국민이 담겨 죽을둥살둥 날뛰는 형국이다. 논어에 군자화이부동 소인동이불화(君子和而不同 小人同而不和)이라는 말이 있다. 해석은 사람에 따라 다소 차이가 있겠지만 이를 새겨보면 '군자는 서로의 차이를 인정하면서 서로 화합하고, 소인은 같은 듯하지만 서로 화합하지 못한다'는 얘기다. 참으로 현재 우리 사회의 단면을 표현하는데 적합한 말인 듯싶다.

　급변하는 사회현상 속에서 인간의 욕구는 다양하게 분출되고 있으며 이 다양성을 적극적으로 수용하고 그로부터 야기되는 갈등구조를 해결해야 하는 것은 피할 수 없는 우리의 과제일 것이다. 갈등의 해결을 위해서 우리는 서로에 대한 관용과 배려, 다양성의 인정과 사회 구성원 간의 조화를 해결의 전제 조건으로 삼아야 할 것이다.

　그러나 이러한 조화를 추동하는 일에 있어 시인은 무력하고 무능한 존재로 차츰 추락하고 있는 느낌이다. 이미지로 대상과 세계를 표현하려는 시인의 시도는 좌절하고 있고 시인은 오래 병을 앓고 있는 환자처럼 아프다. 하여 다름을 인정하는 조화로운 세상을 간절히

희망하며 이 책을 발간하는 소회를 간단히 적어 두고자 한다.

회갑이라! 지금이야 예전만큼 의미를 가지지 못하겠지만 옛사람들은 회갑잔치를 치르고 나면 "남의 나이를 먹는다."라거나 "세상을 두 번 산다."라고도 말했으니 물리적 세월로 따져 봐도 만만치 않은 날들이다. 그 풍상의 세월을 견디며 걸어오신 한 분께 경의를 표하며 절을 올린다.

이 책은 밥에 대한 기록이다.

'공자는 문왕(文王)이 창포절임을 즐겨 먹었다는 말을 듣고 자신의 입맛에 맞지 않지만, 참고 먹은 후 3년이 지나서야 이 맛에 익숙해졌다.'고 한다. 이 책을 발간하는 데 뜻을 같이한 사람들은 참으로 많이 선생님께 밥을 빚졌다. 자주 만날 때는 한 달에 한 번 꼴로 모인 적도 있고 적어도 두세 달에 한 번씩 오랜 세월 만났으며 만날 때마다 선생님께서 밥을 사셨으니 우리가 선생님께 진 밥 빚은 실로 엄청나다 하겠다. 밥을 나눈다는 것은 가족과 같은 유대로 호흡한다는 것인데 이렇듯 서로가 서로의 입맛에 스미면서 밉고 고운 정의 깊이를 더했다.

이 책은 노래에 대한 기록이다

노래는 그 사람의 가슴이고, 호흡이고, 타자에게 전하는 간곡한 메시지다. 우리가 흔히 말하는 십팔 번에는 그 사람의 성정과 노력이 담겨 있다고 말할 수 있을 것이다. 십수 년 동안 우리는 얼마나 많은 노래를 불렀으며 밤을 세워가며 노래방을 전전했던가. 심재상, 박용하, 최영순, 이홍섭, 이호영, 김남극, 정의진, 김정남 등 때로는 우울하게 때로는 해변을 뛰어가는 작은 물새들의 발걸음처럼 가볍고 경쾌하게 그리고 마침내 창공의 한 점으로 날아오르고자 하는 자유로운 영혼을 갈구하며 그렇게 서로의 어깨를 걸고 부른 노래의 기록이 이 책이다. 마치 시가 삶이고 꿈이 자신의 내부라 여기는 착각을 즐기며.

이 책은 연대(連帶)에 대한 기록이다

헤겔은 "연대는 같음이 아니라 다름을, 동일성이 아니라 차이를 인정하는 것"이라 했다. 세계는 점점 미세해지고 모든 분야에서 더 잘게 쪼개지고 있어 우리는 마치 허공의 비처럼 서로 만날 수 있는 가능성이 줄어들고 있다. 하여 서로의 동질성이나 유사성에 기반하기보다는 차이성에 기반 하는 사유가 두드러질 수밖에 없다. 우리는 흩어진 개인이며 이 개인들이 서로 연대하며 지금까지 왔다. 이 느슨하면서도 왜곡된 연대가 우리를 여기까지 데리고 왔으며 이 책을 만들게 했다. 느슨한 연대의 힘이라니! 이 얼마나 유쾌하고 기분 좋은 일인가.

이렇듯 밥을 나누고 더불어 노래하며 연대(連帶)해 왔던 지극히 사적이지만 소중한 기록을 이미 종말이 예고된 극미량의 존재들이 당신께 바친다. 당신의 빛나는 생의 연대(年代) 위에.

차 례

1부

심재상 시인의 시세계와
후학들에게 주는 글

목련 그늘 외 9편

심재상

널 안다 달그림자 짙은 밤마다 소리 없이 담을 넘어와 목련 그늘
에 스며드는 네 나직한 욕망을 안다 입에 문 칼날의 번득임을 지우
는 네 눈빛을 안다 내 방의 불이 꺼지기를 기다리는 네 몸의 깊이를
안다 바람이 자고 차 한 잔 마실 시간이 지나고 차 두 잔 마실 시간
이 지나도 식지 않는 목련 향기 미동도 않는 목련 그늘 그렇게 지지
듯 무릎 시린 아침이 오고 그 사이 내 넘었던 것 같기도 하고 아닌
것 같기도 한 잠의 문지방에 이슬로 맺힌 목련 꽃잎 하나, 순간이
영원을 껴안고 빛이 어둠과 살을 섞는 그 어디쯤 네가 다시 소리 없
이 담을 넘어갔다는 걸 안다 그래 나도 알고 있다 한번도 문밖에 나
가본 적이 없는 내가 언젠가 맨발로 네 그늘 속으로 걸어들어가고
말리라는 걸 그 모든 걸 처음부터 네가 알고 있었다는 걸

강릉

그러니 조심하자
중심보다 더 깊은 언저리

우리 머리끝까지 잠길 때
수면보다 낮은 하늘 속으로
선험적으로 떠오르는 소문들
그 뒤에서 웃고 있는 낯익은 바람도, 그래
조심하자 무한에 걸린 연줄들
예고없이 툭툭 끊어져 나갈 때

달리 길이 없어 굽은 길들이야
갈 데 없어도 아름답지만

시든 꽃

한 다발 은은한 꽃을 샀죠
끊어지고 베어진 길 눈에 띄지 않게
한 뼘씩 되찾으며 날 데려갈 향기
가위 같은 바람이 탯줄처럼 잘라내어
허공에 흩뿌렸죠 끝내 제방 위에 서서
장마비로 불어난 검붉은 냇물 굽어보며
은현잉크처럼 더디게 울었죠 진양조로
방울지는 저녁답의 비릿한 바람 잦아들 때쯤
바다 쪽 구름이 깨끗이 쓸려 있었죠
텅 빈 내 몸이 꽃병이었죠 저 멀리
번쩍이는 길 하나 분수처럼 치솟아
당신의 하늘을 사루고 있었죠

미모사 1

    당신의 손을 닮은 폐곡선이 있지 그 손을 자주 닫히게 만드는 또
다른 손들 파르르한 정맥으로 우아하게 만났다 은근하게 헤어지는
손들이 있지 말없는 힘의 언어와 말하지 않는 언어의 힘 그 현란한
손금들을 소리 내어 읽어낼 힘이 내겐 없지만 당신의 손을 닮은 우
아한 폐곡선엔 우리의 무의식적인 포옹을 넘어서는 격렬함이 있지
모든 폐곡선 안엔 충동의 눈 먼 춤사위가 있지 미모사처럼 닫히는
당신의 손 안에 날아오를 듯 날개를 접는 나비 한 마리 있지

빗방울 전주곡
―립씽크 랩소디 6

 잠자리떼의 저공비행이 점점 더 격렬해집니다 그 아우성에 맞불이라도 지피듯 작은 물고기들이 입을 벙긋대며 수면으로 솟구칩니다. 수백 송이의 물꽃들이 폭죽처럼 피어났다 폭죽처럼 스러집니다. 부서지고 또 부서지면서도 수면은 무섭게 고요합니다. 서 있을 수도 앉아버릴 수도 없는 이 북받침이 나의 시작이고 나의 끝입니다.

그렇게, 휘황한 당신의 왕국에도

　한꺼번에 몰려드는 들판의 까마귀떼처럼 막무가내로 쏟아지는 오후 두시의 졸음처럼 당신의 나라에도 캄캄하게 눈 퍼부었으면 좋겠습니다. 끄덕이며 웅얼거리며 조금씩 잠속으로 가라앉는 순하디 순한 몸뚱이처럼 당신의 나라에도 한 나흘 혼곤하게 눈 퍼부었으면 좋겠습니다. 그 황홀한 잦아듦의 자궁 어디쯤 북극의 백야처럼 어슴프레한 저녁 어디쯤에서 탯줄이 끊어지듯 문득 찻소리가 끊어지고 차도가 끊어지고 졸지에 횡단보도와 신호등이 끊어지고 펄펄 끓던 텔레비전과 지글대던 전화가 싹싹하게 다 끊어지고 난 다음에도 도무지 들어 올릴 수 없는 묵직한 눈꺼풀처럼 고요하게 함박눈 퍼부었으면 좋겠습니다. 관성처럼 꼼지락대는 당신의 미지근한 조바심과 버릇처럼 뒤척이는 당신의 객쩍은 불면을 그렇게 한 사흘 흠씬 덮어줬으면 좋겠습니다. 그렇게 문득 온갖 달뜬 생각들 시리게 끊어져버린 아침이 화아하게 열려서 아무 생각도 할 수 없는 환한 몸뚱이들이 이리저리 미친 강아지처럼 내달리는 곤죽의 겨울 들판이 당신의 나라에도 정말 더도 말고 정말 딱 한번만 왔으면 좋겠습니다.

정위(精衛)의 노래*

돌멩이로 하늘이 캄캄해졌던 적이 있었다
짱돌로 하루 종일 사위가 어두웠던 적이 있었다
저녁마다 길가의 가게 아주머니들이 다라에 물을 담아
인도와 차도의 허연 최루탄 가루들을 씻어냈던 적이 있었다
그 모든 게 다 오늘의 너희들을 위해서였지만

이젠 아무도 머리 길다고 네 마빡에서 정수리까지
가리방으로 왕복 2차선 고속도로를 내지도 않고 이젠
아무도 치마 짧다고 그래 네가 얼마나 롱다린지 어디
한번 재어보자 자를 들고 덤벼들지도 않지만 이젠 아무도
버스 안에서 택시 안에서 골목길 포장마차 안에서 널
난쩍 안아가지 않지만 이젠 원천적으로 현장이 없으니
관계자 외엔 그 누구도 현장에 있을 수 없으니 죽었다
다시 깨어나도 넌 현장범이 될 수 없지만, 그럴 기회가 아예 없지만
이 모든 게 다 미래의 너희들을 위해서지만

---

* 중국 고대의 신화, 지리서인『山海經』「北山經」에 나오는 상상적인 작은 새. 염제의 어린
  딸 '여왜(女娃)'가 동해에서 노닐다가 그만 물에 빠져 돌아올 수 없게 되자, 부리가 희고
  발이 붉은 새 '정위'가 되어 서쪽 산의 나뭇가지와 돌들을 쉼없이 물어날라서 자신을 삼
  킨 동해를 메우고 있다는데, 이를 흔히 '精衛塡海' 신화라 부른다.

있었다, 네가 믿지 않는 구멍 숭숭한 신화들이
한사코 과거라는 시제를 모르겠다 우기는 올망졸망한 나라들
끔찍이도 완료라는 형식을 사랑하는 막무가내의 백성들 그 속에
졸지에 어머니를 잃은 아들들이 아버지를 **빼앗긴** 딸들이
소숫점 아래 한 자리 두 자리 거의 존재하지 않는 침묵들이
속삭임들이 외침들이 잠꼬대들이 저 서쪽 사막나라의 정신 나간
사람들처럼
작은 모래알들을 물어날라 시퍼런 동해 바다를 다 메우고야 말겠
노라고
감히 발심한 네 엄지손톱의 초생달만한 발칙한 소녀들이
한사코 그 소녀들 주위를 맴도는 고추 먹은 소년들이

있었다 있다 있을 것이다 주유소에 프랜차이즈 커피숍에
24시간 편의점에 부은 다리를 주무르며 마른 하품을 하며
인공눈물로 **뻑뻑한** 젊음을 적셔보려 잠시 영원히
잠자리 날개 같은 눈꺼풀을 퍼덕대는 눈물겨운 아이들이
시급 3900원의 원죄처럼 몸 무거운 내 아이들이 네 언니동생들이

로깡땡

새우깡을 먹으며 고화질 동영상으로
북극의 빙하들이 내려앉는 품새를 건네보다가
목이 말라 냉장고 문을 열고 안을 둘러보다가
우유를 마실까 그냥 물을 마실까
알칼리수를 마실까 그냥 정수를 마실까
오래 망설이다가 근데 저 녀석이 왜 저리 난리지
창에 이마를 대고 길길이 뛰는 개를 꼼꼼하게 내다보다가
아니 저건 또 뭐지 감나무 가지에 걸려 펄럭이는 검은 폐비닐을
너덜너덜해질수록 더 극악스럽게 펄럭이는 허기를 요란하게 구겨
지는
새우깡 빈 봉지를 사정없이 입안에 우겨넣다가

휴가병
-하늘의 다리 6

　토요일 아침나절 작은 2층 찻집을 혼자 지키는 건 비스듬한 햇살입니다. 아무도 모르게 길 건너편으로 조금씩 미끄러지는 것도 비스듬한 햇살입니다. 이따금 가방 멘 키 큰 여학생들이 셋씩 넷씩 소풍 가는 걸음걸이로 옥양목 같은 햇살을 밟고 지나갑니다. 무덤덤하게 사각형의 택배 차가 지나가고, 제법 요란하게 피자 배달 오토바이가 지나가고 자못 신명나게 짜장면 배달 자전거가 지나갑니다. 이윽고 내가 만난 적 없는 당신을 쏘옥 빼어 닮은 젊은 여인이 당신의 어머니를 쏘옥 빼어 닮은 나이 든 여인의 묵직한 세월을 팔짱 끼고 걸어옵니다. 토요일 점심나절 알듯 모를 듯 혼자 웃는 건 이 가지런한 햇살입니다. 보일 듯 말 듯 몸 가볍게 횡단보도를 건너 되돌아오는 것도 느리디느린 햇살입니다.

망각은 나의 힘 2

기억나지 않는다 풍호는 제일 작지만 제일 예쁜 호수라는 걸
그때 내가 알고 있었는지 정말 까맣게 모르고 있었는지

기억나지 않는다 그때 내가 왼손 모르게
오른손으로 풍호를 지워버렸는지 그때 내겐
왼손 같은 건 아예 있지도 않았는지

지금 내가 오른손에 지우개를 잡고
쓱쓱쓱쓱 기억의 칠판을 지워나갈 땐
왼쪽 허벅지 곁에 다소곳이 드리운 왼손도
슥슥슥슥 뭔가를 지우는데 춤을 추는데

내일엔 낚싯대 대신 이 몸을 챙겨
세상이 삼킨 호수로 가리라 키 넘는 바람
뺨을 때리는 억새들 그 곁에 앉아 진득하게
기다리리라 수면 아래로 사라진 낚싯줄
으쓱으쓱 기억의 찌가 제풀에 솟구쳐오를 때까지

감지덕지 내 인생

1954년 음력으로 쌍십절에, 강릉의 서쪽끝 작은 마을인 회산, 마당에
나서면 대관령이 한눈에 들어오는 버덩의 작은 집에서 태어
나 대관령 통바람을 맞으며 자랐다.

1962~1967년 명주초등 시절, 4학년쯤부터 동시에서 두각을 나타내
어 학교 대표선수가 되었다. 황용환 글짓기반 선생님의 배려
로 학교 연못 옆의 조그만 학교도서관의 책을 자유롭게 열람
하고 빌릴 수 있는 특권을 누리게 되었다. 어린 내게 글쓰기의
즐거움을 깨우쳐주신 분, 거의 침묵에 가까운 '이심전심'의
방식으로 문학의 본질을 온몸으로 이해하게 만들어주신 분은,
훗날 알게 되었지만 당시 내심 열렬한 '문청'이었던 황용환
선생님이다. 소년동아나 잡지 『어린이』 등에 내 동시들이 실
리고 부메랑처럼 상들이 돌아왔다. 하지만 율곡제 백일장의
장원은 6학년까지 기다려야 했다.

1968년 당시 강릉고등학교의 동일계 학교였던 경포중학교에 차석으
로 입학. 박종화의 『삼국지』와 와룡생의 무협소설들을 읽기
시작했고, 청소년 관람불가 영화들을 보기 시작했고, 클래식

과 비틀즈 음악을 듣기 시작했다.

1972년 3학년 동급생이었던 심재윤, 김원규, 최명희 등과 함께 문학 동아리 〈동회람〉을 만들었고, 덕분에, 훗날 바둑과 볼링의 내 30년 맞수가 될 2학년 박삼균의 걸쭉한 골계정신, 훗날 우리나라 좌파 진영의 싸움닭이 될 1학년 홍명기의, 선배고 나발이고 없는 집요한 논쟁정신과 싱그럽게 해후하였다. 입시를 앞둔 마지막 여름방학을 세익스피어의 전집을 완독하는 객기로 버텨냈고, 살아남았다.

1973년 대학에 진학했고, 공능동의 교양과정부에 집결해있던 일군의 소장학자들—내 국어선생이었던, 박목월의 아들 박동규와 내 영어 선생이자 지도교수였던, 황순원의 아들 황동규, 그리고 내가 꼬박 1년이 더 지나서야 그가 바로 김현이라는 걸 알게 된 김광남은 모두 갓 전임강사가 된 새내기 교수들이었다—덕분에, 식민지사관을 극복한 우리 역사를, 산업공해와 환경문제를, 르네상스와 바로크 음악을 처음으로 접했고, 바로 그 교양과목들이 내 인생을 바꾸어놓았다. 우연히, 더 정확히는 우연의 얼굴을 한 필연의 과정으로, '로마클럽'의 「동경보고서」를 읽게 되었고, 우리 시대의 진보와 발전의 신화를 문자 그대로 하나의 '신화'로 바라보기 시작했다. 결정적으로, 김현의 『상상력과 인간』을 만났다. 방학으로 집에 내려와 있는 동안에, "심형의 고향이 강릉이라는 걸 나는 질투합니다"고 적힌 이인성의 엽서를 받았다.

1975년 시 「꽃의 잠」이 '대학신문사'의 〈대학문학상〉에 당선되었고, 이인성의 권유로 『언어탐구』의 동인이 되었다. 훗날 나의 학사학위 논문, 석사학위 논문, 박사학위 논문의 지도교수가 될 유평근 교수의 보들레르 강의를 처음 들었고, 열자(列子)로 하여금 "정신만이 그토록 멀리까지 여행할 수 있다"고 경탄하게 만든 어떤 것과 매우 비슷할 듯싶은 뭔가를 온몸으로 홀황(惚恍)하게 맛보았다. 아마도 이즈음부터 드뷔시와 에릭 사티에 빠졌을 것이고, 이즈음부터 폴리니와 미켈란젤리에 빠졌을 것이다.

1979~1980년 군복무를 마치고 복학. 김현 선생님의 연구실에서 대학원에 진학한 이성복을 처음 만났다. 이인성과의 만남처럼, 심심한 방식으로 그러나 지겹지 않게, 거듭 만났고, 자주 만났다. 아주 드물게는, 셋이 만났다. 스산한 마음으로 졸업논문 준비를 하던 초겨울에 11.11과 12.12 사태가 발생했고, 졸업식을 한 달 앞둔 1월 20일에 최성각과 함께 스산한 마음으로 4번 국도를 따라 강릉에서 망우리 해태상까지 걸었다. 서울의 짧은 봄이 있었고, 광주의 비극이 있었고, 어느날 나는 그동안에 썼던 모든 시들이 담긴 노트가 들어 있던 가방을 도난당했다. 나는 그 모든 것을 하나의 상징으로 받아들이기로 했다. 내 순수의 시대는 끝난 것이다. 나는 결정적으로 시 쓰기를 접었다.

1982년 코리아헤럴드의 기자 생활을 접고 대학원에 진학하였고, 바슐라르와 뒤랑을 더듬고, 핥고, 파헤쳤다. 그리고 그 후경엔 언제나 보들레르가 버티고 있었다.

1984년 신설된 관동대 불문과의 첫 전임교수가 되었고, 덕분에 회산 버덩 고향집에 돌아와 살게 되었다.

신승근, 박기동, 이언빈 시인이 주도하고 있던 〈바다시낭송회〉의 일원이 되어 문학강연을 시작했고, 〈동회람〉 후배들의 모임과 시화전을 기웃거리기 시작했고, 이것들을 계기로 이홍섭과 최영순, 이호영, 박용하, 김남극을 차례로 만나게 되었다.

다시 시를 쓰기 시작했다. 침묵지향적인 말과 요설지향적인 말이 서로 부딪치고 교차하고 삼투하는, 안팎곱사등이의 더듬거림과 웅얼댐이 뒤섞인 시적/산문적인 글이 점차 나의 것이 되었다.

1988년 신승근, 조희균, 박삼균 등과 함께 「求之 고전 읽기 모임」을 만들고, 그들과 함께 이후 4년여에 걸쳐 동양의 고전들을 강독했다. 서양의 텍스트들과 싸우는 것과는 또 다른 책읽기의 홀황한 괴로움/즐거움을 만끽하며.

1990~1992년 49세의 나이로 스승 김현 돌아가시다. 2년여의 와신상담 끝에 문득 스승의 고향집인 문학과지성사에 시원고를 보냈고, 시집으로 내자는 회신을 받았다. 당시의 『문학과사회』 동인들이 그 시편들 중에서 다섯 편을 골라(누가 골랐을까?) 1992년 『문학과사회』 겨울호에 실었고, 그렇게 공식적인 시인이 되었다.

1995년 이성복 시인의 해설이 딸린 첫 시집 『누군가 그의 잠을 빌려』가 문학과지성사에서 나오다. 박사학위 논문 『老莊的 시각에서 본 보들레르의 시세계』가 '도서출판 살림'의 〈상상총서〉 1권으로 출간되다. 강릉경실련의 발기선언문과 창립선언문을 쓰다. 지역사회에서의 시민활동을 본격적으로 시작하다.

1996년 평생의 동료이자 동지인 고재정 교수와 함께 번역한 에드가 모랭의 『20세기를 벗어나기 위하여』가 문학과지성사에서 간행되다.

1998년 진형준 교수가 주도하던 〈한국상상력연구회〉 활동을 중심으로 한 몇 년간의 준비 끝에, 한국 대학의 정규 카리큘럼으로는 최초로 관동대학교에서 상상력 강좌인 〈이미지와 상징〉을 교양 과목으로 개설하다.

2003년 최현식의 해설이 딸린 두 번째 시집 『넌 도돌이표다』가 문학과지성사에서 나오다.

2005년 열화당으로부터 보들레르 전집을 번역해서 출간하자는 제안을 받고 이를 수락하다. 향후 20년 동안에 7권의 전집으로 완역하기로 결심하고 번역 작업을 시작하다.

2010년 관동대 사범대 국어과로 소속을 옮겨 현대문학과 시를 가르치기 시작하다.

2015년 오랜 문우들과 작은 문집을 만들기로 하다. 해가 넘어가기 전에 세 번째 시집 원고를 넘기기로 결심하다.

지나간 미래의 나날들이여

심 재 상

　30여 년 전, 언감생심 감히 꿈도 꿀 수 없었던 뜻밖의, 벅찬 행운 덕분에, 난 서른도 채 되기 전에 고향집에 돌아와 살 수 있게 되었다. 그리고 내 인생의 길벗들이 될 친구들, 거머리처럼 정겨워질 친구들을 하나 하나, 돌이킬 수 없는 방식으로 만나게 되었다(정녕 나의 사전엔, "시작은 있지만 끝은 없다."). 그렇게, 바야흐로 이십대의 문지방을 넘어서려던 미래의 시인 이홍섭(그때나 지금이나 이 친구는 음천하기 짝이 없는 겉늙은이다)과 미래의 만화가 최영순(그때나 지금이나 이 친구는 재기는 차고 넘치면서 몸은 허하기 짝이 없는 재줏꾼이다)이, 미래의 화가 이호영(그때나 지금이나 이 친구는 뽀글뽀글 라면머리에 팔뚝은 쇳덩이 저리 가라다)이, 전방위적으로 독기를 내뿜던 휴가병 혹은 제대병이었던 미래의 시인 박용하(그때나 지금이나 이 친구는 막무가내의 외곬수 열혈청년이다)가, 재수생이었다가 대학생이었다가 유학생이 된 미래의 불문학자 정의진(그때나 지금이나 이 친구는 대책없는 총각, 철딱서니 없는 노총각이다)이 내 인생 속으로 걸어들어왔다. 그리고, 아뿔싸! 진정한 악몽은 진정한 악몽을 불러들이기 마련! 뒤이어 속초에 터를 잡은 왕년의 로커 김창균(그때나 지금이나 이 친구는 노래방에만 가면 버겁디 버거운 나의 라이벌이다)이, 대관령 너머 고향 봉평에 두겹 세겹 똬리를 튼 효석문화제의 귀신 김남극(그때나 지금이나이 친구는 내 동회람 막내 후배다)이, 슬금슬금 야금야금 내 직장동료가 된 소설가 김정남(그때나 지금이나 이 친구는 우리들의 오글오글한 막내여동생이다)이, 최근에야 다시 은근하게 은은하게 만나게 된 나의종씨 심재휘(그때나 지금이나 이 친구는 회산 심가 내 집안 동생이다)가,그리고…….

　문득, 짐짓, 그들과 함께 문집을 엮는다. 그리고, 감히 느껍다. 촘촘하게 엮였던 우리의 삶, 우리 함께 했던 지나간 미래의 나날들—그 온기가 어리고 스며 있을 작은 책이여.

심재상 시인
1955년 강릉 출생. 1992년 『문학과사회』 등단. 시집 『누군가 그의 잠을 빌려』, 『넌 도돌이표다』, 학술서 『노장적 시각에서 본 보들레르의 시세계』, 번역서 『20세기를 벗어나기 위하여』 등

2부
헌사와 헌정 작품

1장

시

형님시인 선생님

심 재 휘

심재상 시인은 내게 선생님도 시인도 아닌 그냥 형이다. 회산 솔
밭 근처의 건넌댁 형님이다. 연차가 있어서 같이 공부한 기억도, 같
이 놀아본 기억도 없이 가끔 명절 때 만난다. 그러니까 함께 시를
이야기해 본 적도 없다.

그러던 형님과 나는 최근에 자꾸 문학으로, 시로 엮인다. 우리는
문중을 떠나 문단에서 만나지만 그래도 그는 나의 형님이다. 시만
놓고 보더라도 형님이고 선생님이다. 나는 그를 강릉보다는 서울에
서, 몸보다는 시로 더 자주 만나지만 만날 때마다 장식도 없는 매끈
한 칼로 옆구리를 길게 찔리는 인사를 받는다. 명절 때 만나는 재상
형과 지면에서 만나는 심재상 시인은 이렇듯 다르다. 아니 그가 다
루는 시의 표정과 삶의 속은 실상 크게 다르지 않을 것이다. 하지만
내 속에는 건넌댁 아재를 모시고 산소를 올라가는 형이 더 많다.

그러던 그가 환갑을 맞았다. 터무니없는 일이란 이런 것이다. 청
년의 탈을 쓴 육순 노인? 아니다, 환갑의 탈을 쓴 청년이 더 표준어
에 가깝다. 외모도 그러려니와 사유와 기질과 화법, 그리고 시의 걸
음걸이가 더욱 그렇다. 간혹 그를 형님시인 선생님으로 모시고 시를

배워보고 싶을 때가 많다. 그러자면 일단 술을 같이 해야 하는데 그는 술을 멀리한다. 그와 술을 정도껏 해보는 게 희망이지만 세상에 희망대로 되는 게 어디 있나. 그냥 내가 커피를 공부하는 게 더 빠를 듯하다. 그에게는 강릉의 짠 바람 냄새와 더불어 커피 냄새가 있고 그의 눈빛은 회산 솔밭에 드는 볕 같기도 하지만 지중해 풍의 햇살 같기도 하다. 그러나 나에게 그는 그냥 강릉이다. 나는 강릉이라는 이름의 시 세 편을 쓰며 내내 그를 생각했다. 그가 알려주는 시의 젊음을 생각했다.

그런데 형님! 정말 환갑이 맞아요?
좀 어처구니가 없네요.

강릉 바람 소리 외 2편

심 재 휘

올해는 가을 가뭄이 유독 심하고
내게는 고향을 떠나던 옛날이 있었고
오늘은 강문 솔숲으로부터 대관령 너머까지
강릉은 바람이 넘치는 곳
짠 바람은 내내 바다에서 뭍의 깊은 곳으로 불어와
이마에 매달린 저녁이 덜컹거리는, 야윈 곳으로까지 불어와
듬성듬성한 산책으로 말라가는 나뭇잎들의 소리
칼날 흠집이 심한 집들의 소리를 바람이 대신 내주고 있다
바람 속에 손을 내밀어 보면
지문의 골을 따라 제자리를 돌고 도는 나의 발소리를
바람이 읽어줄 수 있을 것만 같은 시월이다
그래서 강릉의 바람소리는
바닷가 해송들이 제 껍질 속에 바람을 품었다가 내뱉듯이
바람 혼자서는 낼 수 없는 소리
바람이 없었더라면 들키지 않았을 나의 강릉이다

회산 솔밭

예를 들어
내가 살고 있는 서울의 남산 꼭대기에 오른다고 치면
산 아래를 돌아보며 피어오르는 저녁의 그림자를 읽는다고 치면
평지도 아니고 산도 아닌 기슭쯤은 언제나 회산 솔밭이에요

보물찾기가 있고 김밥이 있고 장기자랑이 있던 회산 솔밭
깃발이 없으면 아무도 갈 수 없는 곳이에요
깃발을 앞세우고 천방둑을 걷다가 구렁 가득한 다리를 건너면
아이들은 돌 틈에서, 서로의 웃음 속에서, 흐르는 구름 속에서
보물을 찾아냈어요 나는 보물을 열심히 찾다가 그만
회산 솔밭의 그늘 바깥으로 걸어 나와 버린 거예요
강릉국민학교 하늘색 교복을 입은 채 그대로 멀리 와 버린 거예요

소나무 아래에 깃발을 두고 온 이후로
나는 회산 솔밭에 다시 갈 수는 없었어요
펄럭이는 깃발만 있다면 봄마다 가을마다
회산 솔밭 비스듬한 소나무에 기대어 사진을 찍을 거예요
흑백사진은 오래되어도 빛깔을 잃지 않는다잖아요
하지만 나에게는 깃발이 없어요
어 어 그러니까 예를 들어 말하자면

깃발도 없이 무작정 올라가고 있는 남산 꼭대기는
내려갈 길이 없다는 뜻이지요
쓸쓸한 족속의 소풍이지요

안녕! 풍전여관

한 번만이라도 다시 들어가 잠들고 싶은 방이 있다
경포 바닷가 솔숲에
내가 고개를 동쪽으로 돌리면 미리 불어주는 바람 속에
풍전여관이 있다

신고 버렸던 평생의 신발들은 다 기억할 수가 없고
그때그때 신발들의 소리는 조금씩 다 달랐지만
언제나 잊을 수 없는 풍전여관은 늘 맨발의 풍전 여관

창문을 열고 달의 젖가슴을 만지며
달려드는 파도소리의 허리를 밤새 껴안고서도
사랑한다고 말을 해서는 안 되는 봄날의 좁은 방
맹세를 버리지 않는다 해도 돌아올 사랑이 아니라는 것은
진즉에 알고 있어서 생각할 때마다 가슴이 베이는
어쩌자고 풍전여관은 거기에 있나

젊음은 묵힐 수 없도록 쉬 낡고
추억은 오래 오래 식어서 더욱 쓸쓸하고

그러니까 나는 한때 풍전여관에 살았던 거다

지금은 없는 풍전여관

심재휘 시인
1963년 강릉 출생. 1997년 『작가세계』 등단. 시집 『적당히 쓸쓸하게 바람부는』, 『그늘』, 『중국인 맹인 안마사』

무한의 반지름

박용하

　영(嶺)의 동쪽에서 태어나 살던 사람이 스무 살 이후 영의 서쪽으로 넘어와 삼십 년 넘게 살면서 날이 가고 해가 갈수록 영의 동쪽을 그리워한다. 이 '그리움'의 첫 번째 이명(異名)은 '숙명'이고 두 번째 이명은 '운명'이 되겠다. 영의 서쪽으로 넘어와 살면 살수록 영의 동쪽을 향한 이 숙명과 운명의 힘 또한 위력과 그 세를 잃지 않고 있으며 어떨 땐 돌발적으로 그리로 발길을 옮기게도 한다. 이 그리움은, '(그댈) 보고 싶습니다'가 아닌 '(그대) 당장 봅시다'에 가까우며, 대단히 원초적이며 다분히 공격적이기까지 하다. 단도직입적으로 말해 이 그리움은 기세등등한 살아 움직이는 생물이다. 대체 영의 동쪽이 뭐기에? 영의 동쪽은 바다. 바다 이름은 동해. 영의 동쪽에서 태어나 어린 시절을 보내고 영의 서쪽에서 공부하다 다시 영의 동쪽으로 돌아가 사는 그 사람은 영의 서쪽을, 내가 영의 서쪽에서 영의 동쪽을 그리워하는 것만큼 그리워할까.

　지지리도 외롭던, 도대체 삶을 어떻게 살아야 할지, 내게 삶을 끝까지 살아낼 저력이라도 있는지 회의스럽기만 하던, 어떻게 하루 하루를 살아내야 할지 몰라 쩔쩔 매며 헤매고 배회하던 내 스무 살 시절 먼 발치에서 처음 본 그는 작은 체구의 사내였는데, 그때껏 내가 겪어보지 못한 사람이 내는 빛과 기운에 묘한 호기심과 더불어 가까이 다가가고 싶은 충동을 느꼈었다. 맑고 절제된 기운 아래 도사리고 있던 날카로운 지성의 면모랄까, 그 시절 내가 본 그는 단단하고 야무지고 꼬장꼬장하고 예리한 인상이었지만 그렇다고 상대방을 제압하거나 우위에 서거나 유세를 부리려 드는 사람이 아니었던 걸로 기억하며 지금이라고 다르지 않겠다. 나이와 지위와 계급과 명성과 신분과 그 무엇 무엇을 떠나서, 괜찮은 인간들은 자기 자신에게도 그렇지만 남에게도 함부로 하지 않는다는 걸 내 지금껏 경험은 말한다. 자신보다 강자한테 덤비고 대드는 인간도 대단하지만 약자한테 함부로 하지 않는 강자야말로 얼마나 더 대단한가.

어느 해 모임이었나. 밥을 해서 먹는 저녁 식사가 끝나자마자 담배나 꼬나물고 있는 내 눈앞에 보기 드문 광경이 펼쳐진 것인데, 그 모임의 최고 연장자인 그가 나 같은 개념 없는 후생의 처신에는 아랑곳하지 않고 설거지를 하는 걸 보고 정말이지 '여는 위 아래도 없나' 싶었다. 그뿐인가. 하루는 내가 어린 시절을 보낸 사천진 바다 보러 가자고 해 들른 바닷가 커피숍에 들어갔을 때, 내가 창가에 앉아 바다나 우두커니 보고 있을 때, 커피를 손수 빼들고 와 내 앞에 갖다 놓은 건 그였다. 그는 그런 사람이고, 우리는 그런 사이고, 그렇게 논다. 하기사 무게 뻑 잡으며 "내가 니 선밴데, 내가 니 선생인데, 내가 니 고향 형님"인데 이런 류의 인간들을 경멸하는 나니 그렇게 나왔으면 "그래서 뭐?" 하고 당장 발길을 돌렸을지도 모른다. 어디 그뿐인가. 그는 술도 한잔 입에 못 대면서 술 먹는 아랫사람들과 잘 어울려 놀며, 술값은 물론 취객들을 집까지 수시로 배달해주기까지 한다. 그런 그지만 그와 내가 동년배나 친구지간이었으면 우리의 사이는 어떻게 되었을까. 그리 낙관적이지 않다. 어쩌면 격렬한 경쟁 심리와 질투로 인하여 둘 사이에 벌써 금이 갔거나 돌아올 수 없는 인간관계의 선을 넘었을지도 모른다. 게다가 그가 나처럼 술을 마셨으면 필경 우리 둘 중 하나는 크게 상심하거나 망가졌거나 서로를 기피하는 사이가 되었을 수도 있다. 그가 나보다 열 살 위인 게 복이고, 내가 그보다 열 살 아래인 건 축복이다.

내 눈앞에 늘상 걸려 있던 대관령만큼이나 눈동자 가득 걸려 있던 동해 먼 수평선이 '무한의 반지름', '무한의 절반'이라는 걸, 그런 이름이 있다는 것을 알게 된 건 순전히 그의 어떤 글을 통해서였다. 그날 이후 무슨 주문처럼 나는 '무한의 절반'을 중얼거리게 되었고, 그것은 마치 세계가 새로운 언어에 의해서 세계의 차원이 질적으로 달라지듯이, 언어에 의해 삶이 확장되고 정신의 반경이 넓어지는 느낌이었다. 그가 쓴 『노장적 시각에서 본 보들레르의 시세계』(1995)는 그가 어떤 사람이며, 어떤 세계관과 감수성을 지녔으며, 그가 어떤 정신의 소유자인지 짐작하고 가늠할 수 있게 해준 책이었다. 이 후생이 그를 지켜보며 그간 맘에 품고 있던 염원 하나를 이 자리를 빌려 꺼내 놓는다. 아직도 이 땅에 없는 보들레르 전집 완역본을, 그 누구도 아닌 그가 번역한 '보들레르 전집 완역본'을 읽게 되는 날을 학수고대하고 있다는 것을. 그리하여 내 소망이 성취되면, 또 그걸 핑계 삼아 나는 영을 넘을 것이고, 취할 것이고, 무한의 반지름에 내 지친 감정과 감각을 헹굴 것이고, 사람과 말과 글과 어우러질 수 있을 것이다.

그의 존재를 알게 된 건 내 이십대지만, 그와 일 년에 한두 번이나 서너 차례 꾸준히 만나게 된 건 내 나이 사십이 다 되어서였다. 그를 만나러 영을 오갔던 지난 십수년의 시절은 사람 만나는 기쁨을 오롯이 즐거워한 예외적인 시간이었으며, 이 시간의 축복은 여전히 현재 진행형이며, 이 만남은 다른 여러 만남과 달리 끝까지 가서 끝을 보되 뒤끝이 아름답게 끝나게 되리라 나답지 않게 낙관한다. 내 삶과 문학의 시초인 저 동쪽 나라에 나의 오랜 친구 같은 선생이 계시는데, 어째 나이가 들어도 드는 것 같지 않고, 벌써 할아버지이면서도 '할아버지 될 준비가 전혀 되어 있지 않다'는 나이 든 젊은이가 그의 젊은 날보다 더 힘 센 시를 쓰고 있다.

고별 외 2편

박용하

그가 떠나가기 시작했다
불꽃 눈물 다발이 굴러 떨어지기까지
영원처럼 긴 순간이 흘렀다
그를 깨물 듯이
그를 찌를 듯이
그를 무찌를 듯이 껴안았던 날들이 다 무슨 소용인가
그가 다 떠나가기도 전에
굴러 떨어지며 만신창이가 된 눈물 폭죽은
어둠이 쌓이는 밤 허공을 메아리쳤고
길바닥에 나뒹굴기까지 또 머나먼 별빛들이 흘러갔다

오월 열하루

젊어서는 잎이 좋았지
꽃보다 잎을 더 좋아했지

연두꽃, 초록꽃, 단풍꽃, 낙엽꽃

어린 날 뒤뜰에는
흰 앵두꽃이 만발했었지

여름날 앞마당에는
감꽃이 주렁주렁 열렸었지

이젠 좋다
꽃이 좋다

혼자 보기 아까운
오월 열하루 자두 꽃나무
그대 있으면 더 환하겠지

젊어서는 잎이 좋았지
봄꽃보다 갈잎을 더 좋아했지

사흘돌이로 눈 내리 퍼붓던
똥개 설치던 흰 겨울이 너무 좋았지

나와 다른 나라에서

다르다와 틀리다는
틀리지 않고 다르다

남자와 여자가 다르듯이
흑인과 황인과 백인이 다르듯이
불교도와 기독교도가 다르듯이
다른 것을 왜 자꾸 틀리다 말하는 걸까
나와 너는 죽었다 깨도 다른데
너는 나와 틀리다 한다
자꾸 하다 보니
다른 게 틀린 게 되고
그러다보니
개와 소가 틀리고
피망과 파프리카가 틀리고
자작나무와 사스레나무가 틀리고
질투와 경멸이 틀리고
백석과 윤동주가 틀리고
고흐와 렘브란트가 틀리고
미국과 중국이 틀리고
남극과 북극이 틀리고

이 별과 저 별이 다르지 않고
끝도 없이 틀리게 된다

사과와 배는 다르지 않고 틀린 걸까
뭐가 틀리다는 걸까

꿈에나 통일과
꿈에도 통일은
남과 북만큼 다른 걸까 틀린 걸까
아니면 한통속일까

구별과 차별이 다르고
엄마와 아빠는 틀리지 않고 달라도 너무 다르다
갑과 을은 달라도 너무 다르다

동해와 황해만큼이나 다르고
인도양과 대서양만큼이나 다르고
발견과 침략만큼이나 다르다

나는 너와 다르니 나고

너는 내가 아니니 너다
나와 다른 너는 춤추고
너와 다른 나는 길을 핥는다

그럼에도 다른 것을 왜 자꾸 틀리다 말하는 걸까
다른 세상에서 틀리게 살기
뭔가 도사리고 있다
뭔가 교묘하게 작동하고 있다
나는 은연중 너와 다른 게 아니고
너는 틀렸다 말하고 싶었던 게 아닐까
내가 우월하다고 말하고 싶었던 게 아닐까

그래서 묻게 된다
나는 나와 다른 나라에서 애도할 수 있는가
나는 타인이 될 수 있는가

죽었다 깨도
나와 너는 틀리지 않고
화성과 지구는 다르게 태어났다

박용하 시인
1963년 강릉 사천 출생. 1989년 『문예중앙』 등단. 시집 『나무들은 폭포처럼
타오른다』, 『바다로 가는 서른세번째 길』, 『영혼의 북쪽』, 『견자』, 『한 남자』

회산의 햇살처럼

이홍섭

　사랑과 존경을 표하기에는 늘 언어가 모자랍니다. 제가 스무 살 무렵부터 지천명에 이르는 나이까지 장작개비처럼 천지사방을 날아다닐 때도, 심재상 선생님께서는 늘 그 자리에서 소년처럼 맑은 눈과 따뜻한 미소로 서 계셨습니다. 지천명에 이른들 천리만리에 닿은 소년의 눈과 미소의 깊이를 어찌 다 잴 수 있겠습니까.

　사랑과 존경을 표하기에는 늘 언어가 모자랍니다. 청맹과니를 데리고 강릉시내와 경포바닷가를 전전하시며 사주신 마주앙은 아직도 여전히 흰빛, 붉은빛, 푸른빛으로 빛나고 있습니다. 경포의 해송처럼 즐비한 그 많은 마주앙들과 문학에 대한 가르침들은 여전히 청춘의 빛으로 남아 있습니다. 선생님께서는 술을 못 하시니까 제가 늘 마시면서 빚을 갚아나가겠습니다.

　사랑과 존경을 표하기에는 늘 언어가 모자랍니다. '라일락' 좀 그만 피우시고 좋은 담배로 바꾸시기를, 몰래 건강보조식품도 좀 챙겨 드시기를, 회산의 햇살처럼 오래오래 건강하시기를 두 손 모아 축원드립니다.

내 여인의 뒷자리 외 2편

이홍섭

내 여인의 뒷자리에는 아무도 앉지 마라
내 여인의 뒷자리는 적요의 자리
내가 만든 이 세상 가장 깊은 호수

내 여인의 뒷자리는 내가 진실로 사랑한 자리
사시사철 초록의 자리
일 년 열두 달 소복한 흰 눈의 자리

내 여인의 뒷자리에는 아무도 앉지 마라
내 여인의 뒷자리는 외로움의 자리
내가 만든 피안의 자리

동백꽃, 동박새

동백꽃으로 살랴, 동박새로 살랴

그 많던 꽃들도, 벌나비도 사라진 엄동적막 한복판

사랑을 잃었으니 노래가 길어라

동백꽃으로 살랴, 동박새로 살랴

문을 열면

문을 열면
앞산이 약사여래다, 어디가 아픈지 몰라
약사여래도
빈 약병에 진달래만 꽂아 보낸다

나도 모르는데
약사여래라고 알겠는가, 진달래를 씹어 먹은들
이 몸 없는 병을 알겠는가

산이 높으면
골짜기도 깊고, 골짜기가 깊으면
꽃그늘도 길어라

마디마디 피멍든
진달래야, 너도 일찍이
높은 산을 오르지 말았어야 했다

나는 뒤늦게
저 낮은 앞산에 엎드려 절한다

여래여,
여래여,
약사여래여,

나는 더 낮은 곳으로 내려갈 것이다, 내려가
산도 절도 없는 곳에
닿을 것이다

이홍섭 시인
1965년 강릉 출생. 1990년 『현대시세계』 등단. 시집 『강릉, 프라하, 함흥』,
『숨결』, 『가도가도 서쪽인 당신』, 『터미널』

향연(Symposion)과 바다

권 현 형

　제목만 남아 있는 이천 년 전 시처럼 오늘 선생님께 올리는 제 시가 제목만 남게 될 지도 모르겠습니다. 고향의 까마득한 후배 시인으로서 모자란 글로 축하드려야 하는 이 자리에서 문득 플라톤의『향연』이 떠오릅니다. 늘 맨발인 소크라테스가 우연히 길거리에서 향연에 초대되었을 때 제자 아리스토데모스에게 묻습니다. "아름다운 집을 방문하려면 방문자도 어느 정도 아름다워야 하지 않겠나?"

　그렇게 염려하던 소크라테스가 양말을 신고 머리를 감고 향수를 뿌리고 향연에 참석했을까요? 아테네인들이 궁금합니다. 사랑에 빠진 사람을 "신들린 사람"이라고 표현할 줄 알던 아테네의 시인과 철학자가 궁금합니다. 저도 "아름다운 심재상 선생님의 향연에 초대되려면 어느 정도 아름다워야 하는데" 하고 제 몰골을 살피고 걱정하게 됩니다.

　각자 골방으로 돌아가 비극적인 또는 희극적인 가면을 벗어 대못에 걸어놓고 흔들리는 촛불을 지키고 있는 자들. 그들은 향연에서도 기름진 음식보다는 맨 술에 이야기를 안주 삼는 걸 더 즐길 것입니다. 남의 이야기를 들으며 자신과 더 깊이 만나는 자들은 말입니다.

제가 소모임에서 몇 번 마주한 선생님께서는 무리 속에서도 "그저 혼자 조용히 앉아 계시다"는 인상을 받았습니다.

횡단보도에서 녹색 불을 기다리고 있었습니다. 근처 낡은 건물 어딘가에 숨어 있는 피아노 교습소로부터 콩나물 꼬리가 여럿, 거리까지 춤추듯 흘러왔습니다. 느닷없이 만나는 맑은 음색들에 마음이 찢어질 때가 있습니다. 제 맑음의 훼손으로 인한 상실감 탓입니다. 피아노의 긴 손가락이 무심히 퉁 건드린 세계의 맑거나 탁한 본색에 평생 귀를 기울이며 살아가게 될 것을 예감하고 있습니다.

저만치 앞서 계신 선생님의 예민한 산책을, 뒷모습을 호기심과 경이로 뒤에서 몰래 지켜보게 됩니다. 먼저 선취하신 시인의 영광과 상처를, 혹은 아직 오지 않은 시인의 영광과 상처를 말입니다. 시인은 스스로 늘 아직 오지 않은 자들이니까요. 그리고 보면 선생님과 저의 인연은 '바다에서 바다로'의 인연 밖에 없는 듯합니다. 주문진 바다에서 강릉 바다까지의 인연 말입니다.

그러나 부끄러운 제 시의 한 구절처럼 '간장종지로 바다의 아픔을 측량하는 기분'을 서로 잘 알고 있으리라고 추측해 본다면 그간의 격절감이 더 가깝고 멋진 인연으로 새롭게 느껴지기도 합니다. 소크라스테스의 '향연'이 아닌, 보들레르의 '향연'이 아닌, 심재상 선생님의 '향연'을 진심으로 축하드립니다.

나의 아름다운 행간 외 2편

권현형

유리로 된 아침에 따뜻한 우유 한 잔을 마실 수 있다면
다른 꿈을 꾸고 싶다
편백나무 아래 다른 꿈을 꾸고 싶다

내 손바닥 무늬가 그의 손바닥에 찍혔을까
젖은 손으로 그의 손을 잡은 게 마음에 걸린다

나비를 연구하는 자는
나비를 편애하느라
망막에 나비 무늬가 생겼을 것이다

모네의 꽃밭에서 둘이 양산을 쓰고 노니는 꿈

내 꿈 대신 돌아가신 외할머니 꿈을 꿨다
젊은 남자가 외할머니를 기다리고 있었다

외할머니가 버선목 속에 감춰둔 애인인지
돌아가신 외할아버지인지
그 인물을 장담할 수 없다

그런데 곱슬머리 남자였다
꿈밖에서도 곱슬머리가 실감나
꿈을 믿기로 했다

외할머니가 언젠가 찍어놓은 자신의 손바닥 무늬를
되찾았다면 죽어서라도 되찾았다면
인샬라, 그것은 신의 의지

유마힐의 사랑을 생각하는 밤

우연히 서점 맨 구석의 구석에서 발견한 좋은 책처럼
밤마다 지구를 반 바퀴만 걷고 싶다
안 팔려도 좋은 책처럼 용기를 내보고 싶다

기억 속에 손을 숨겼다
개미가 까맣게 뒤덮인 밥덩이를
물에 말아 꾸역꾸역 입으로 가져가던 손

내 입에는 새로 지은 밥을 넣어 주던 궁상맞은 손
고맙다고 말하지 못했다

눈물 한 방울만큼만 더 용기를 내보고 싶다
바이샬리에서 해안의 모래 언덕까지 달려오고야 마는
파란 말의 발바닥에는 잔금이 많다

잔금이 많은 발바닥은 가고 싶은 길이 여럿이라
부서지기 쉬운 운명,
모든 사랑에서는 그을음 냄새가 난다

사랑의 가운데 있을 때는

누구를 사랑하는지 기억하지 못했다
해님도 자신이 해바라기의
얼굴을 갖고 있다는 것을 모를 것이다

심해로 가라앉으며 세상의 안녕을 빌었던 유마힐도
일부러 크게 심호흡하는 버릇이 있었을 것이다
간장종지로 바다의 아픔을 재보았을 것이다

바닷가에서 듣는 음악은 짜다

햇볕 때문에 가운데 머리가
움푹 파인 순례자들

결국 내가 버린 모든 것은
어느 어둠 애호가의 방에 도로 들어가 있었다
시(詩)속에 도로 들어가 있었다

버린다고 마구 버린 것들에 대해
속죄하며 단죄하며
바닷가에서 듣는 음악은
짜다, 진하다

밥을 안 먹고 살면 얼마나 좋을까
순례는 추워서 다시 따뜻한 곳으로 오는 길
따뜻한 곳을 버리고 추운 곳으로 되돌아가는 길

바닷가에서 하루 종일 밥 대신 음악을 파먹고 있으면
가운데 머리가 움푹 파인다
소금에 절여지기 때문이다

권현형 시인
1966년 강릉 주문진 출생. 1995년 『시와시학』 등단. 『밥이나 먹자, 꽃아』,
『포옹의 방식』 등

제 생의 스승이자 선배

김창균

    논어에 "人不知而不慍, 不亦君子乎"라 했듯이 선생님을 보면서 "남이 나를 알아주지 않아도 화를 내거나 성내거나 괴로워하지 않는" 법을 배우게 되었습니다. 선생님은 저에게 새롭게 생을 눈뜨게 하고 제 스스로를 심문하며 비판하도록 가르쳐준 제 생의 스승이자 선배이십니다.

    같이 밥을 먹고 소박하게 연대하며 평생 님을 닮아 가도 좋을 거라 생각합니다. 부디 건강하시길.

독거의 방 외 2편

김창균

아버지가 물려준 벽걸이용 시계는 내 나이보다 많아
한 번도 시침과 분침이 겹치지 못한다. 아니 겹치지 않는다.
세월이 흐르면 저절로 알게 되는 것과 잊히는 것들
서로가 제 갈 길로 가는 시침과 분침이여
저들도 한 때는 서로를 밀고 밀며 고단함을 위로 했을 터

미숙한 의사가 꿰맨 수술 자국 같은 흉터들이 떠도는 방
아무도 없는 방에 혼자 누워 시계의 수명을 세어보니
내가 사랑했던 것들은 소멸 쪽으로 기운지 오래되었고
어둠이 걷는 바깥은 참으로 차고 딱딱하구나.

가끔 눈을 닦고 벽과 마주하면 벽지도 어느새 주름이 늘었고
나는 오랫동안 먼지 쌓인 모서리의 통곡을 외면하였구나
분침을 외면하는 시침이여
관절염을 앓는 밥상이여
어긋난 것들의 간격 위에서 번식하는 거미줄과
몸의 안쪽으로 페달을 밟는 비명들이여
끝내 나는 아무리 문을 닫아도 새어 들어오는 바깥의
바깥이 되고야 마네.

수족관 앞 여관

몸통을 밀고 밀어
먼 바다로 가는 빛나는 꼬리들
수족관에 머리를 쳐박고 소리를 질러 본다
넙치류들은 바닥을 기고
둥근 몸을 가진 것들은 자주
수면 부근까지 떠오르지만
그래봐야 놀랄 일도 없는 거기가 거기.
단지 내가 지른 말들만이
수면 위를 먼지처럼 떠다닌다

그리고 어느 순간
굳이 나의 눈을 피해
다른 방향으로 유영하는 청어와
눈이 마주쳤을 때
나는 몸통이 중요하다고 여겨온
생각을 수정한다
내 불온한 절정을 수정한다.

저녁 자작나무 숲

어느 한 시절

하루는 태생부터 생긴 옹이를 따라 갔고
하루는 자라면서 생긴 옹이의 후생을 따라 갔다.
또 하루는 몸피에 닿는 햇볕을 따라 갔고
하루는 몸피에 닿지 못하고 미끄러지는 햇볕을 따라 갔다.
샛길이 너무 많아 더는 갈 수 없는 길은
나의 누추한 사랑처럼 금세 어두워지고

일찍 생의 초입을 닫고 누운 저녁 숲에서
나는 사랑을 찾아 나서기에도
실연을 찾아 나서기에도 이미 늦어버렸음을
후회도 없이 받아놓네

한때 애인이었던 여자를 느닷없이 난전에서 만난 듯
경황없이 말 더듬으며 가장 빛나던 시절의 이면을
무릎 위에 앉혀보는데

오늘도 그때와 같이
희고 단단한 빗줄기처럼 서서

당신은 아무 말이 없네.
온몸에 자작자작 흰 멍이 드네.

김창균 시인
1966년 평창 출생. 1995년 『심상』 등단. 시집 『녹슨 지붕에 앉아 빗소리 듣는다』, 『먼 북쪽』, 산문집 『넉넉한 곁』

고래뱃속을 지키는 파수꾼

김남극

선생님을 처음 뵌 게 언제인지 기억이 가물가물합니다. 가을 같기도 하고 겨울 같기도 하다가 봄인 듯도 합니다. 제가 고등학교 시절의 일이니까 이젠 가물가물할 때가 되기도 했겠지요. 삼십년이 넘었습니다. '동해람' 시화전 때 뵈었는지, 아니면 '다랑'에서 열리던 '바다시낭송회' 때 뵈었는지, 아니면 시화전 원고를 받으러 갔던 대학 연구실에서 처음 뵈었는지 확실한 기억이 없습니다.

그 가물거리는 기억 속의 선생님은 독일 관념주의 철학자나 프랑스 상징주의 시인 같았습니다. 칸트나 헤겔이 부활한다면 선생님 같을 거란 생각을 하기도 했고, 보들레르가 한국에서 다시 태어나 내 앞에 나타난 게 선생님이 아닐까 생각하기도 했습니다.(사실 저는 칸트나 헤겔, 보들레르에 대해서는 문외한입니다. 다만 그 사람들이 꽤나 골치 아픈 위인들이란 생각 때문에 이렇게 생각했을 겁니다.) 늘 근접할 수 없을 듯한 문제를 진지하게 던지시고는 진지한 표정으로 제 눈을 들여다보셨습니다. 저는 그 눈길이 두렵기도 했고 밑천이 바닥나 곤궁이 들킬까봐 그 시선을 피하려 하기도 했습니다. 어떤 때는 어린 후배를 곤란에 몰아넣고 살아나오나 보자는 '못된' 선배의 장난 같기도 했습니다. 그런데 이상한 것은 선생님을 삼십년이 지나도록 계속 만난다는 겁니다. 그리고 그 세월 동안 선생님은 저에겐 조금씩 다른 분으로 변해왔습니다. 물론 제가 변하기도 했을 것이고, 선생님이 세월 따라 변하기도 했을 겁니다.

제가 기억하는 선생님의 첫 작품은 강릉고등학교 교지에 실린 산문입니다. 기억을 더듬어보면 그 글은 강릉에 관한 생각을 감각적 이미지로 치환한 이야기였습니다. 그 산문 중 대관령 꼭대기에서 내려다본 강릉은 '고래뱃속' 같다는 한 줄이 아직도 기억에 남아 있습니다. 지금까지 강릉을 이야기한 많은 구절 중 가장 뛰어난 명구란 생각에 변함이 없어서인지 제게 강릉은 늘 고래뱃속 같았습니다. 그리고 지금 그 뱃속에 들어와 살면서 가끔 대관령을 넘어다니며 제가 사는 곳을 확인하고는 합니다.

선생님과의 인연은 제가 시인이 되고 이효석과 관련된 일을 하면서 계속되었습니다. 봄이면 이효석문학상 운영위원회 자리에서 뵈었고, 가을이면 효석문화제 행사 때 백일장 심사를 하면서 다방 커피의 향기와 함께 뵙기도 했습니다. 겨울 초입에 들 때 쯤 월정사에서 아이들의 발랄한 글을 읽으며 감탄하는 시간을 함께 하기도 했고, 겨울이면 안목 어느 횟집에서 소주를 마시며 쓸데없이 먹는 나이를 실감하기도 했습니다. 가까운 이가 시집을 내면 취기를 섞어 시를 낭송하기도 했고, 누군가 소설책을 내면 '잡놈'의 진취적 성과를 '갈구'면서 함께 기뻐하기도 했습니다. 그 자리에서 저는 늘 선생님의 세상을 들여다보는 혜안을 배우려고 했고, 말씀 한 마디 한 마디에 담긴 지혜를 새기기도 했습니다.

제가 첫시집을 냈을 때도 그랬습니다. 안목의 그 횟집에서 취기만큼 오른 부끄러움에 괜한 짓을 했다고 후회할 때 쯤, 제 시를 한 편 한 편 읽으셨지요. 부족한 시를 꼼꼼하게 읽으시고는 그 즐거움과 아쉬움을 낭송으로 표현하셨던 그날의 감흥을 아직도 잊을 수가 없습니다. 아마도 선생님은 기쁘셔서 그렇게 하셨을 겁니다. 어리숙한 봉평 촌놈이 시인이 되고 시집을 내니 대견한 일이었겠지요. 그 기쁨을 술 한 잔 마시는 대신 시 낭송으로 표현하시던 안목의 밤은 아직도 생생합니다.

지난 시간을 생각해보니까 제가 선생님을 처음 뵈었던 때에 선생님은 30대 초반이셨습니다. 제가 50을 바라보는 나이가 된 지금, 돌이켜 보면 늘 선생님은 그 시절의 선생님으로 남아 있는 듯합니다. 항상 진지하고 자신의 물음 앞에 엄숙하고 인간에 대한 애정도 넘쳐 보입니다. 젊은 친구들이 부르는 노래를 먼저 부르시고 젊은 시인들보다 더 발랄한 시를 쓰십니다. 어느 누구보다도 세상의 올바른 변화를 생각하시고 실천으로 옮기십니다. 그 모습을 먼발치에서 지켜보는 후배들에겐 더 없는 모범이기도 합니다.

선생님은 영원히 현역이시면 좋겠습니다. 청춘의 문장을 재산으로 노년을 누리는 시인이 아니라 늘 새로운 목소리로 노래하는 시인, 부당한 사회 문제들 앞에서 적극적으로 거부의 목소리를 내는 시인, 젊은 시인들에게 긴장의 끈을 팽팽하게 당기도록 무언의 격려를 남기는 시인이 되셨으면 좋겠습니다. 그리고 먼발치에서 그런 선생님을 오래 넘겨다볼 수 있었으면 좋겠습니다.

선생님과는 영 어울릴 것 같지 않던 회갑이라는 말이 다가왔습니다. 당혹스럽지만 그 당혹을 '핑게'로 반가운 얼굴을 만날 수 있으니 이 또한 즐거운 일입니다. 그 즐거움을 '핑게' 삼아 축하의 인사를 올립니다. 그리고 감사의 인사를 올립니다.

늦봄 외 2편

김남극

풍란에 꽃이 세 송이 피었다가 졌다
그 짧은 동안 큰 아이는 수험생이 되어
야간자율학습을 하고 돌아온다

앞 산에선 산비둘기가 가끔 꺽꺽 울었다
꿩도 몇 마디 거들었다
그 울음이 아까시 꽃에 스미자
풍란이 졌다

그렇게 짧은 동안
나는 말을 조금씩 잃었다

아버지 생각

큰 아이가 새벽까지 시험공부를 하느라 책상에 앉아 있다

아버지 생각이 났다

새벽까지 시험공부를 하던 나를 슬쩍 보면서, 앞대로 나가 대학을 가겠다는 나를 보면서, 새벽까지 남은 취기처럼 곤궁한 생활을 생각하면서

아버지는 아침이 오는 것이 두려웠을 것이다

내가 아비가 되고 나서야 아버지의 그

빼꼼히 열린 문틈 사이로 들여다보았을 어둠 속 아버지의 눈동자를

자꾸 생각하게 되는 것이다

귀

물고기도 귀가 있어 물 속에서 소리를 듣는다는
생물 선생님의 이야기를 책상에 엎드려 잠결에 듣고는

물고기는 물 속 사정을 정확히 듣고 있을 거라고 생각했다
공기중보다 물속에서 소리는 더 빠르고 크게 전달된다니까

세상 귀퉁이에 쳐박혀 꾸벅꾸벅 졸다가 광고 문자메세지나 읽다가
또 졸다가 하는 요즘

세상 소리는 내 귀에 닿지 못하는지 감감하다

감감한 하루가 간다
감감한 하루가 또 간다

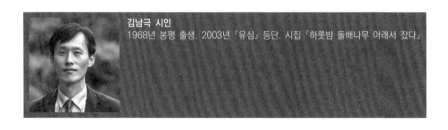

김남극 시인
1968년 봉평 출생. 2003년 『유심』 등단. 시집 『하룻밤 돌배나무 아래서 잤다』

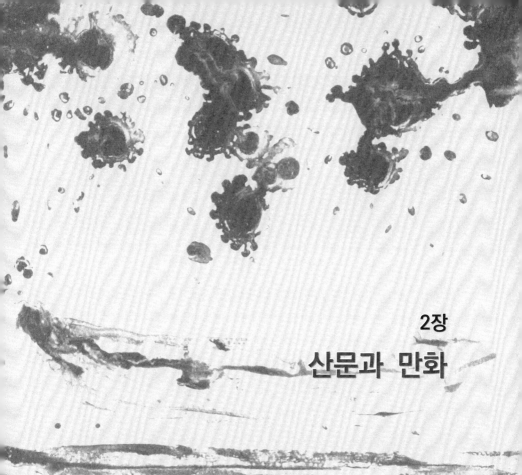

2장
산문과 만화

어둠을 먹고사는 빛, 빛을 먹고사는 어둠

: 시인 심재상 교수님, 내 영원한 관객

이호영

1

차들이 지나간다. 하염없는 길 위. 지나가는 바람을 만든 차들. 그들 사이로 번득이는 불빛들. 헤드라이트. 정처 없는 길 위. 시간들은 깃발처럼 펄럭인다. 우우우 기적을 울리며, 지나는 것들, 얼굴을 알 수 없는 시간들. 안개 속. 길은 하염없다. 발끝을 차오르는, 낙하하는 것들이 덜그럭 거린다. 언제 여기까지 흘러왔던가. 흩날리는 꽃잎들. 낙엽이 물든 풍경으로 새어나오는 바람 몇몇. 차들이 지나고 있는 지금, 알 수 없는 불빛들이. 암호 같은 기호들이 사방으로 가득 찬 여기. 생이 머물러 있는. 여기 길 위, 길은 하염없다.

2

신승근2) 선생님의 뒤를 따라 좁은 이층계단을 오른 것은 고등학교 졸업식을 막 끝내고 난 이월의 어느 날이었다. 지금은 이름이 기억나지 않는 감자옹심이집. 외투 깃을 여미며 들어간 식당. 구수한 감자옹심이와 술 향기 사이로 두런두런 말소리들이 굴러다니는 탁자사이를 헤집고 방으로 들었을 때, 낯익은 선생님들 사이로 낯선 얼굴이 들어왔다. '심재상입니다' 나지막한, 그러나 또랑또랑, 혹은 카랑카랑한 목소리로 인사하는 교수님을 처음 본 순간이었다. 새로 들어오실 바다시낭송회 회원으로 소개가 된 심재상 교수. 처음 만난 그날. 감자옹심이 육수향이 2층 식당 안을 가득 채우고 있었다.

3

영원한 화두. 물음은 지속적으로 진행된다. 길을 형성하고 있는 것은 물음이다. 길은 물음의 표면, 혹은 일부이다. 생은 그 길 위에 서 있다. 지금 여기. 또 다른 물음 속이다. 물음 속을 걸어 물음에 다다른 것. 도달했다고 생각했지만 도돌이표처럼 처음의 물음으로 되돌아간 지금, 여기. 감지되는 것이나 보이지 않는 것. 안개 속이다. 덜그럭거리는 안개가 키우는 생. 영원한 화두 속이다.

4

꿈을 꿀 수 있는 공간. 생의 살아 있는 공간은 꿈을 꿀 수 있는 공간이었다. 바다시 낭송회를 만난 것은 '넘버나인'[3]이었다. 최영순[4] 형(兄)의 손목에 이끌려 이홍섭[5] 군과 찾아든 바다시는 커다란

---

2) 신승근: 시인, 바다시낭송회 회원, 고등학교문학반 지도교사
3) 넘버나인: 강릉에 있었던 음악감상실. LP판을 약3만장을 보유할 정도로 유서 깊은 음악 감상실이었으나 80년 중 후반에 폐업했다.
4) 최영순: 소설가·만화가. 고등학교 1년 선배

유리벽을 사이에 갇혀서 진행되었다. 갈 곳 없던 영혼이었던 사춘기 시절, 예술에 대한 환상, 아름다운 삶을 꿈꾸기에는 너무나도 삭막한 현실에서 바다시는 비상구로 다가왔다. 그곳에서 만난 시인 선생님들은 한줄기 빛으로 스며들었다. 그 공간, 그 자리 그대로가 좋았다. 시를 읽고, 삶을 말하고, 그 삶 속의 현실과 현실에서 꾸는 꿈들을 말하는 그 공간, 그 시간은 행복했다. 꿈을 꿀 수 있었다는 것으로도 아름다운 기억의 한 편이 되었다. 넘버나인에서 출발했던 바다시낭송회는 '다랑'6)으로 옮겨 진행이 되었고, 예술을 꿈꾸던 소년들은 의자를 나르며 시낭송이 있는 그 시간을 기다렸다.

5

꿈은 현실을 지내고 잠에 들었을 때 피어난다. 그 꿈을 물질의 공간에 물질로 질서를 내어 보이게 하는 것이 그림이다. 그림은 현실을 관통하고 꿈을 지나서 다시 물질의 현실로 돌아와 물질로 꿈을 드려내려 하는 행동이다. 그 행동은 세계 내에 존재하며 물질의 힘과 규칙을 따른다. 그러므로 그리고 싶은 것과 그려진 현실의 그림과는 좁혀지지 않는 거리, 간극이 존재한다. 생각하는, 꿈꾸는, 희망하는 모든 것들이 꿈꾸는 그대로 눈앞에 그려질 수 있다면 얼마나 행복할 것인가. 그 꿈은 물질의 현실 앞에서 산산이 조각난다. 지상에서 몸을 가지고 있는 한 고통에서 벗어날 수 없으리라는 것. 피어 있는 것들은 어둠 속에서 피어 아침의 세상을 밝힌다. 대지의 눅눅한 어둠을 뚫지 않고 피어나는 것들이 있을까. 세계가 가하는 폭력 속. 폭력으로 형성된 몸을 가지고 걸어가고 있다는 것. 세계 내에 존

---

5) 이홍섭: 시인, 문학평론가 중·고등학교 동기
6) 김종달 씨가 운영하던 까페. 넘버나인 이후 바다시 낭송회는 대부분 이 공간에서 진행되었다.

재하는 한, 신경이 살아 있는 한 고통은 필연적으로 달라붙어 있다. 그림을 그린다는 것은 꿈을 꾼다는 것이다. 꿈을 꾸는 현실의 지평을 직시하며 현실의 고통을, 어둠을 관통하여 빛으로 몸을 향하게 하는 것이다.

6

'어둠을 먹고사는 빛, 빛을 먹고사는 어둠' 방명록에 쓰인 이 말은 심재상 교수님이 내 그림7)에 건넨 첫 촌평이다. 교수님이 기억하고 있기에는 너무나 먼, 먼 시간의 거리에서부터 나에게 이 말은 생의 화두가 되어 들어앉아 지금에 이른다. 그 화두는 내게서부터 교수님에게로, 혹은 교수님에게서부터 나에게로 전해졌으며 진폭을 넓히고 확장되어 왔다. 공간의 언어로 보이고자 한 것들을 그는 화두로 나에게 말을 건넸을 뿐이다. 그 화두는 짧지만 강렬했고, 혼돈스러웠던 많은 것들을 일순에 정리하는 하나의 말로 집약되어 내 안에 스며들었다. 전시를 둘러보고 인사로 쓰인 말. 던져진 말. 말은 보이지 않는 것, 보이는 것, 같이 있을 수 없는 것이지만 같이 있는 것. 그러한 것들이 동시적으로 같이 있음을 말하고 있었다.

7

목이 마를 때마다 바다시를 찾았다. 대학을 입학하고 난 후 나는

---

7) 군대를 가기 전, 모든 상황이 혼란스럽고 복잡했을 때 무엇인가 정리하고자 두 가지 일을 벌였다. 하나는 그려왔던 그림을 전시하는 것이었고, 다른 하나는 그림으로 안 되었던 말들을 정리하는 일이었다. 어리고 혼란스러운 마음에 벌였던 전시는 치졸한 작품들이었지만 당시 내게 있어서는 솔직한 최선이었다.

예술수업을 '바다시'에서 이수했다라고 말하는 것이 솔직한 고백이다. 거기에는 시인들의 시와 시를 둘러싼 말들이 있었다. 그 말들이 내 목마름의 모든 것을 해결했다고는 말할 수 없지만 커다란 평안과 안온, 혹은 불안과 질문, 지금, 현실에의 반성 등으로 이루어진 예술의 기저들을 내게 인지하도록 여백의 공간을 열어주었으며, 현대예술에 대한 갈증을 일정 해결해 주었다. 한 달에 한 번 강릉으로, 바다시가 있는 곳으로 수업하러 달려갔다. 그 수업을 다녀오면 충전이 된 듯 한동안 푸릇푸릇 살아갈 수 있었다. 그 곳에 심재상 교수님이 있었다.

8

'어둠이 심각하다' 군에 가기 전 무엇인가 정리하고픈 마음에 그림으로 할 수 없는 것들, 말로 중얼거릴 수밖에 없는 것들을 묶었다. 그 묶음은 나에게는 멍울 같은 것이었는데 그냥 버릴 수 없었다. 그 멍울을 교수님에게 보여드렸다. 예쁘지도 않고 고통과 구토가 가득한 그 멍울의 원고를 근 한 시간 넘게 꼼꼼히 빨간 줄을 쳐가며 읽어주셨다. 읽으시고 난 후의 촌평. 어둠이 심각하다.

'그러면 되었다' 군에 가기 전 주변에서는 성공하려면 한 가지만 해야 한다는 담론들이 넘쳐났다. 생을 성공한다는 것이 가당키나 한 일인가. 그러나 그 시절에는 그러한 담론에 복종하고자, 문학에의 욕망을 떨쳐내기 위해서 토해졌던 글들을 묶었고 누구에게인가 보여주고자 하였다. 생각하면 주술적인 제의를 진행했던 것이다. 제의를 통하여 무엇인가 타오르고 재가 되기를 염원했었다. 재가 되면 다시는 타오르지 않기를. 그 제의를 교수님은 흔쾌히 받아주셨다. 그리하였기에 '그러면 되었다.'

9

시를 쓰는 친구들과 교수님의 신혼집을 쳐들어가 밤새 서재를 잠식하고 지냈던 시간들이 여럿이었다. 그때는 민폐라고 생각하지도 못했던, 그리하여 행복했던 어린 시절이었다. 시와 소설에 대하여 하염없이 얘기를 나누곤 하는 것이 그 방을 차지하는 말들이었다. 구석자리를 차지한 나에게는 어떤 시인과 어떤 소설들은 처음 들어보거나 읽어보지 못한 것들도 많았다. 그들에 대한 촌평과 담론들이 주거니 받거니 하는 시간들이 흘러 하얀 밤을 이루었다. 새벽별을 보며 나서는 소나무 숲은 그리하여 싱그러운 풍경으로 각인되어 남아 있다.

프란시스 베이컨, 핑크플로이드. 교수님과 시선이 맞닿아 있음을 감지한 것은 그들을 통해서이다. 그들은 고통과 폭력을 다루고 있으며 우리의 시선과 사유를 낯선 시점으로 안내하였다. 그 시선을 따라가면 카프카에 이른다. 지금도 그림으로 무엇을 할 수는 없다는 것을 안다. 이 지상에 있는 한. 지금 여기를 지배하고 있는 권력의 구조를 벗어나지 않는 한 내가 그리는 그림으로 아무것도 할 수가 없으며, 무엇을 성취한다는 것은 무모하리라는 것과 불가능하리라는 것이다. 꿈의 성은 결코 들어갈 수 없는 성이며, 그림을 그리는 것은 살아 있기에 받아야 하는 형벌이며 축복이다.

살아 있음으로 살아가는 것. 오늘을 사는 이유이며 그림을 놓지 않는 핑계이다. 그 곳에는 관객인 교수님의 시선도 놓여 있다. 늘 관객이었기에 그 관객을 위하여 무대를 내려올 수 없는 광대가 되어버린 지금이다. 관객이 떠나지 않는 한, 무대를 내려올 광대는 없다.

10

길은 하염없다. 무심히 지나는 차들 사이로 꽃들이 피어난다. 피어 있는 들을 지나 다른 길들이 열려 있다. 인연은 바라볼 때 탄생하는 것. 시선 닿아야만 발화하는 언어. 이름을 불러주는 것이다. 서로가 서로에게 의미가 되어주는 것. 교수님의 시선은 늘 한 결 같이 따스했고 선연했으며, 깊이를 가늠할 수 없는 선승의 눈길로 못난 제자를 사랑의 눈으로 바라보시곤 하는 것이다. 늘 같은 자리, 같은 따스함을 지닌. 받은 은혜는 하염없는데 갚은 길은 막막하다. 길은 하염없으나 지금은 살아가야 하는 것. 피어나듯 살아가야 하는 것. 바람처럼, 물처럼 생이 살아내기를 원하는 것뿐이다.

지금 이 시간, 그 때처럼 강릉 솔숲에는 눈빛이 형형한 심재상 교수님이 계실 것이고, 나는 지금, 여기, 이 길 위에서 그림을 그릴 준비를 하고 있다. 지금, 여기, 이 길은 하염없고, 이 길 위 어디엔가 꽃들은 피어나고 있다.

오래된 정원

: 향기가 나는 것은

이호영

1

탁 탁 탁 탁. 강변을 달리는 발걸음. 사람의 소리가 지나간다. 양재천. 물 향기 번지는 산책길은 포장을 새로이 끝냈다. 산뜻이 조성된 길들. 길들은 상류와 하류를 향해 길고 긴 방향으로 나 있다. 분주한 사람의 발걸음은 그 포장된 길, 그 위를 지난다. 발걸음 소리가 지나는 길가. 풀들이 시립한다. 바람은 그들 사이를 지난다. 바람이 풀들을 지날 때마다 마른 풀들은 저들 몸을 부딪쳐 소리를 지른다. 몸으로 소리치는 것들. 풀들의 잔해들이다. 저들은 지난 봄 싹을 틔우고 자라난 것들이며 지금에 다다른 것들이다. 지나간 시간들이 저들의 몸의 부피만큼 축적되어 지금에 이른 것이다. 오래된 것들일수록 오래된 소리가 난다.

밤의 기온을 따라 모든 것들이 여름내 지녔던 색들을 버리고 다른 색으로 물들어 가거나, 습기를 날리고 마른 몸으로 변화를 하고 있다. 변화를 거치는 것들. 풀들이다. 대게 들판을 점령한 풀들 속의 갈대들은 은빛 머리를 흔들거리며 들판과 길가를 메우는 점령군의 우두머리이다. 들판은 그들에게 점령당한 식민지이다. 은빛 갈대의 몸짓으로 출렁이는 가을들녘. 눈부시다. 눈부신 그들의 풍경 아래로 피어나는 것들이 있다. 이름 모를 풀꽃들이다. 서걱서걱 마른 풀잎들이 부딪치는 소리 사이로 피어나는. 작은 꽃. 바람을 견딘 것들은 작은 몸을 지녔거나 여린 몸매를 자랑한다.

지금 여기를 이루는 것들은 대게가 지난 시간, 시간의 축척을 담고 있다. 살아 있는 것에서부터 죽어간 것들에 이르기까지. 시간은 모든 사물과 공간을 관통하고 그 흔적을 남긴다. 흔적은 시간의 지나감을 알려주는 증거이다. 지금은 시간의 축적들 위에 흐르는 강이다. 시간의 강. 강은 그렇게 흘렀고 돌들은 그러한 강의 흔적들을 담고 냇가에 뒹구는 것이다.

2

따릉따릉. 자전거가 길을 틔워 달라고 요구하며 내는 소리다. 소리가 들릴 때마다 움찔하며 길가로 몸을 비켜야 한다. 휙. 바람을 일으키며 자전거가 지나가면 길도 덩달아 춤을 추듯 흔들린다. 정지버튼을 누를 수 있는 것은 비디오 플레이어 상에서만 가능하다. 가끔은 현실의 풍경들을 정지시키고 그 풍경의 단면들, 지층들을 들여다보고 싶을 때가 있다. 욕망은 불가능을 향해 있으며 현실은 불가능을 안고 앞으로 달려간다. 대체할 수 있는 것은 기계장치를 이용하여 풍경들을 화면에 담고 볼 때이다. 기계장치가 보여주는 것은 현실은 아니지만 현실의 한 부분을 지시한다. 현실은 붙잡을 수 없이 지속적으로 지나가는 시간 속이다. 시간을 멈출 수는 없다. 지금 보고 있는 풍경은 조금 전에 본 풍경과는 다른 풍경이다. 강변의 풀들은 바람 속에서 흔들렸으며, 새들은 저 능선에서 이 하늘로 이동하였으며 물들은 조금 전 흘러간 물들과 다른 물들이 흐르고 있는 것이다. 현실의 단면을 본다는 것은 어쩌면 불가능하다. 사진은 현실의 한 단면을 지시하는 가상현실이다.

휙 하고 지나는 자전거가 눈앞에 정지하는 순간은 그러므로 사진이라는 화면 위에서만 가능하다. 인화된 종이 위, 하나의 표면이라는 가상공간이 실재에서 불가능한 현실, 정지시킬 수 없는 현실공간을 지시한다. 사진은 종이와 인화물질로 이루어져 있는 가짜이다. 그러나 사진 위에 그려진 사물은 그 사물이 있던 그 자리의 어떤 현상을 지시하고 있으며 우리는 사진을 통하여 그 사물의 어떤 한 지점을 바라보고 있는 것이다. 휙 하고 지나는 사진 상의 자전거는 자전거가 아니면서 자전거의 어떤 부분을 지시하고 있는 물질기호이다. 보는 것은 사진이라는 물질이고, 그 물질은 자전거가 아닌 자전거의 형상을 닮아 있는 물질의 질서이다. 그 질서는 빛의 질서, 시선의 한 질서를 따른다.

3

지질학자의 말에 따르면 지층들은 수만 년 수억 년에 걸쳐서 형성되었으며 지구의 나이가 45억 년에 이를 것이다. 그들의 주장을 어느 정도 받아들인다면 지금 우리가 발 딛고 있는 지상은 45억 년에 이른 시간 속의 현재이며 우주의 빅뱅으로부터라고 한다면 더욱 더한 시간의 연속선상에 이르고 있다고 말하고 있다. 그러한 단면이 현재를 이루고, 그 현재의 단면 속에 있는 지금이 생의 어떤 것을 이루고 있다. 온전히 전체에 대하여 바라볼 수 있다는 것은 불가능의 영역이고, 불가능하지만 지질학자의 시선처럼, 지층의 형성하고 있는 단면을 들여다보는 것으로부터 그들의 시선은 몇 백만 년 전으로 이동하듯이 지금이라는 단면을 통하여 생이라는 전체에 대한 고찰을 시도하는 것은 지금이 지금으로만 단절해서 이루어져 있지 않기 때문이다.

자전거가 지나간 것은 지난 시간 속이지만 그 지나간 시간의 일정한 궤적은 사진의 기호로 남아서 그 시간을 지시하고 있는 것이다. 지층과 지층의 역사에서 그 지층은 지금에서는 사진과 같아서 그 지층의 화석들은 지나간 것들의 기호들이기에 그 시기를 상상하고 유추하여 따라갈 수 있는 것이다. 눈앞에 있는 것들. 피어 있는 것들은 다시는 다시 볼 수 없는 것들이다. 다시 볼 수는 없는 것들. 궤적을, 흔적을 남긴 것들이 층층이 싸이고 쌓여 주름을 형성하고 지금, 여기를 이룬다. 자전거 순간은 순간이면서 순간이 아니다. 층층이 싸인 시간의 주름 위, 궤적의 움직임, 그들 안에서다.

4

'여기 꽃이 있고 저기 돌이 놓여 있습니다.' '저기는, 지나온 사람들의 모습들이 꽃들과 등가의 관계로 놓여 있습니다.' 작품을 설명해 주세요. 질문과 요구들은 전시된 공간에서 받아드는 흔한 말들 중에 하나다. 이리저리 중얼거리듯 말을 하다보면 내가 말하기 이전에, 말로는 닿을 수 없어서 다가든 시각의 언어들이 후드득 나뒹군다. 사람들은 언제나 말의 언어로, 머리로 이해하고 싶어 한다. 시각과 공간을 다루는 시각의 언어들은 보는 것을 출발점으로 삼아야 한다. 시각으로 들어온 것들은 시각으로부터 출발해야 한다. 꽃은 꽃이면서 꽃이 아닐 수도 있지만 꽃의 형상을 하고 있는 지금의 시각언어의 약속으로부터 출발해야 한다. 꽃은 꽃이다. 이성으로만 이해할 수 없는 세계. 몸의 언어. 말 이전에 말. 저들이 놓여 있음과 저들의 피어남과 지나감. 작품은 그러한 물체의 구조들이 한 공간에서 조우하기도 하고, 충돌하기도 하며, 자기 말에다 다른 말들을 얹어서 보낸다. 작품은 그러므로 말이다. 말을 말로 다시 설명해야 하는 구조, 전시장의 구조이다.

5

장미꽃 한 다발. 화병에 꽂은 지 일주일이 지났다. 꽃은 물빛을 버리고 수분 없는 몸으로 변신했다. 마른 꽃. 한 벽에 놓인 목이 긴 화병이 그 애처로운 몸들을 떠받혀 주지 않았다면 벌써 바스라 졌을 장미 몇 송이. 잔인한 일주일 동안. 그들의 몸에서 물들이 떠나갈 동안 방안은 꽃향기로 가득했다. 그들이 만드는 붉고 흰 풍경들을 배경으로 커피를 마셨고, 음악을 들었으며, 모니터 앞에 앉아 누구에게인가 메일을 보냈고, 전화를 했었다. 그들에게서 빠져나온 수분이 온 집안에 가득 했으므로 아내에게서 꽃향기가 난다고 농을 던지기도 했었다. 장미의 시간은 그렇게 흘렀다.

6

저들을 만난 것은 동네에 있는 화원이다. 재개발이 되면서 수십여 개에 달했던 꽃집들이 대여섯 점포로 남은 것은 일, 이년 전이다. 산과 밭을 배후로 도로변을 메우고 있던 비닐하우스 꽃집들. 그 앞을 지날 때마다 꽃집에서 내어놓은 화려한 계절 꽃들이 자신의 모습을 흔들거리며 뽐내곤 하였다. 꽃을 사는 남자. 꽃을 사랑하는 남자 되는 것은 쉬운 일이었다. 문을 열고 들어가 눈으로 전체를 조망한 후에, 그 중 그럴싸해 보이는 놈들을 사면되는 것이다. 꽃집들은 집근처에 있고 꽃들은 말을 건네지 않아도 꽃의 언어로 말을 걸어오기 때문이다.

꽃집의 뒷배였던 산과 밭으로 아파트가 들어서면서 많은 수의 꽃집들이 동네에서 사라졌다. 꽃집이 사라진 자리로 아파트로 향한 도로와 아파트의 새 상가들이 건축되었으며, 이 동네가 건축회사와 시당국에 요구하는 플랭카드들이 동네 어귀와 도로변에 장식되었고, 시간이 지나면서 언제 그 자리에 꽃집들이 있었느냐는 듯이 새로운 풍경으로 변해 갔고, 변해가고 있는 중이었다. 그들 중 남아 있던 점포가 대여섯, 아마도 재개발 지역에 포함되지 않았고, 지하철역에 가까우며 다른 지역으로 이사를 엄두를 못 내거나, 이직을 생각할 수 없는 주인장 들이 꽃을 피워 올리는 집들이다. 동네 꽃집들의 역사는 그들이 안고 있으며, 그들로 통하여 흘러가고 있다고 말할 수 있으리라. 꽃들이 있었던 자리. 새로운 도로. 푸른빛이 띠는 아스팔트, 좌회전의 이정표를 품고 표표히 누워 있다. 아스팔트 아래 꽃집의, 꽃들의 시간이 흐른다.

7

가게의 진열장에 놓여 지기 전, 몇 달, 몇 계절 전에 꽃은 파종되었으리라. 꽃집 주인은 자신의 농장에서 키운 꽃들만 파는 것이 아니다. 새벽에 열리는 꽃시장에서 그 날, 그 날에 맞는 꽃을 사들이기도 하고, 거래하는 농장에서 납품하는 물건들을 받기도 하는 것이다. 계절마다 피는 꽃들의 종류도 다르고 피어나는 것들도 다양한데, 시간과 기술이 발달하면서 계절을 잊은 꽃들도 전시되어 팔리는 것이다. 인간의 재배 기술은 계절과 시간과 꽃들의 욕망을 넘어선 것이다. 꽃집의 꽃들은 피어나는 시기를 꽃들이 스스로 정할 수 없다. 꽃의 욕망은 인간의 욕망에 걸쳐있다.

화병 위를 빛내는 것들. 꽃들. 그들의 시작은 지난 시간의 어느 지점에서 시작되었으며, 그들이 꽃이 되기까지 농부의 손길, 시선이 결합되었다. 씨가 꽃이 되기까지 여러 시간들이 흘렀고, 또한 여러 사건들이 꽃들을 지나갔다. 꽃은 그러므로 씨의 역사이며, 농부의 역사가 아닐 수 없으며, 인간의 욕망의 결과들이다. 마른 꽃들의 옷

음이 허공에 부서지는 오후. 새들이 비상하고 있다.

8

화원에 있다는 것. 꽃이, 그들이 가지런한 배치로 진열되고 있고, 화려한 조명을 받는다는 것은 인간의 시선을 끌기 위한 장치들 위에 놓여 있음을 의미한다. 화원의 유리문을 열고 들어가는 발걸음들은 그들의 유혹에 넘어갔음이다. 그 화려한 자태와 그 농염한 향기에 넘어가는 것은 어쩌면 자연스러운 현상이다. 피어 있는 것들이 품어 내는 것은 향기만이 아니다. 향기 속에 욕망의 페르몬을 담아 공기에 내던진다. 시선과 후각이 뒤범벅되어 공간은 사랑의 열기로 달아올라 있다.

꽃의 화려함은 생의 욕망, 성적 욕망이다. 욕망의 발현이고, 실천이다. 그들의 유혹은 거역할 수 없는 쾌락이다. 예쁘다는 것. 아름답다는 것. 그들의 기저에는 욕망이라는 더 할 수 없는 생의 쾌락이 깔려 있다. 죽음보다도 달디 단 피어남의 욕망. 그들의 가장 앞선 선두에 꽃들이 있다. 그러므로 피어나는 것들은 폐허 속에서도, 녹슨 철길 위에서도, 사막의 저 묵묵한 가문 침묵 속에서도 조건만 되면 피어난다. 그러므로 꽃들은 그들의 욕망을 위하여 우리를 불러들이는 것이다. 피어남을 위하여.

9

자전거가 지나는, 꽃들이 지천으로 피어 있는, 사람과 사람의 발길들이 분주히 오가는 길들과 강과 강들이 지나는 강변. 피어나는 것은 지천이다. 기실 강변에 피어 있는 것들은 달을 보았으리라. 달은 어둠을 틈타 지상으로 내려오는 것이며, 보이지 않는 어둠 속에서 사물을 어루만지는 것이다. 타오르는 것. 피어 올리는 것들은 대지를 불태우는 태양을 지나 밤에 이른다. 낮을 지나 만나는 밤. 태양을 지나 선보는 달. 해와 달은 그리하여 꽃 속으로 스며들었다. 꽃들 속에는 그 둘의 얼굴들이 있고, 꽃들은 그들을 대신하여 피어나는 것이다.

해와 달, 밤과 낮을 지나지 않는 피어남이 있겠는가. 또한 관계와 관계들의 엮어진 인연과 인연 속을 벗어나 피어 있는 것들이 있겠는가. 밤하늘 별들과 달들이 머리 위에 빛나는 한 지상의 피어 있는 것들은 같은 하늘 아래 이거나, 같은 하늘이 아니라고 할지라도 같은 달을 보고지낸 이 지상의 생인 것이다. 달은 달이다. 피어나는 것들은 달 아래서 피어난다.

10

그리하여 말하는 것보다 그림으로 보여주는 방식이 편리하다. 꽃을 보여주기 위해서는 꽃을 들어다 공간에 배치하면 되기 때문이다. 그 공간이 평면이면 평면의 방식을 따르고, 영상이면 영상의 방식을 따르면 되기 때문이다. 화가에게는 편리한 방식이 사람들에게는 어려운 시선으로 다가드는 것은 꽃의 다른 모습을, 다른 사물들로 말하게 만들기 때문이다. 꽃의 다른 모습 속에는 생으로 살아가는 것들의 질문들이 스며있으며 그림은 그러한 다른 질문의 화두로 꽃을 사람들에게 내어 보이기 때문이다. 꽃으로 생의 화두들을 내 보이려 하는 방식들. 그러한 질문들을 만나기에 혼란스러워하거나 당혹해하는 것이다. 어쩌면 간명하다. 꽃은 꽃이다. 꽃이기에 피어 있는 것들이다.

꽃을 꽃이라고 보면 되는 것이다. 꽃은 꽃인데 그런 꽃의 생이 인간의 생과 교차하는 것은 꽃이면서 꽃이 아닌 어떤 것들과 겹쳐져 있는 사실이고, 사람의 생 또한 나 아닌 것들과 겹겹이 겹쳐져 나를 이루고 있다는 사실에서 기인한다. 그러한 겹침은 보이지 않으나 실재하는 것이며, 보이는 것이나 실재하지 않는 것이기도 하다. 또한 인지 못하는 순간에 스며들어 나를 강제하거나 폭력적 상황으로 몰아가며, 필연적이라고 할 수 밖에 없는 구조들을 강제한다. 결코 그 구조 속에서 벗어날 수 없는 것이며, 슬퍼할 수조차 없는 구조 안이며, 저항할 수조차 없어 보인다는 것이다. 어쩌겠는가, 살아 있는 한, 피어나는 몸을 가지는 한 피어날 수밖에.

11

꽃의 구조 속, 혹은 사물의 한 구조에는 그러한 질문들이 들어 있다. 피어 있는 것은 죽어감 위에서이며, 지금은 지나고 있는 영원의 시간 속에서이다. 이 돌이킬 수 없는 하나의 시선, 생을 향한 질문들이 어찌 편할 수만 있겠는가. 지금, 여기, 꽃을 들여다보는 눈이 영원한 화두에 닿아 이 지상을 떠돌고, 저기 저 꽃들, 피어나는 것들은 저 들의 바람 속에서도 피어나기를 멈추지 않는다. 그러므로 그림은 쉬운 것이며 생이 어려운 것이라고 말 할 수 있다. 지나가는 장미꽃은 화병 속에서 말을 걸고, 피어나는 것들은 거리를 서성인다.

이호영 화가
1965년 강릉 출생. 「영원한 화두」, 「화엄」, 「꽃그늘」, 「아리랑-오래된 정원」 등 29회의 개인전 및 다수의 단체전.
현재 한국조형학회, 한국영상미디어협회, 한국미술협회 등 회원.

교수님께 드리는 쿠폰 한 장

최영순

한 6~7년쯤 됐을까? 급한 볼 일이 있어 이른 아침 서울행 고속버스에 올랐다. 그런데 우연찮게도 버스 안에서 심재상 교수님을 만났다. 서울 가시냐고 물었더니, 본인이 아니라 누구 배웅 나온 길이라며 어깨가 구부정한 어떤 사람을 소개해 주셨다.

"인사해. 이 분은 이성복 시인이야."

첫눈에 봐도 이성복 시인이었다. '문학과 지성'에서 나온 시집의 표지그림과 판박이였다.

"이 친구는 소설 쓰는 후배야. 가면서 소설 얘기 많이 나눠봐."

소설 안 쓴 지 한 백년은 됐는데 교수님은 그렇게 다리를 놓아주고는 버스에서 내려가셨다. 잠시 후 나는 이성복 시인과 나란히 앉아 창밖으로 멀어지는 심재상 교수님의 홑이불 같은 실루엣을 향해 손을 흔들었다. 버스가 터미널을 빠져나가자 이성복 시인이 그 특유의 움푹 들어간 눈으로 물었다.

"소설 쓰신다구요?"

"예? 아, 예, 옛날에… 지금은…"

솔직히 말하면, 설렘 반 두려움 반이었다. 이름 앞에 '성(聖)'자를

붙이고 싶은 몇 안 되는 유명 시인과 함께 앉아가게 됐으니 설렘은 당연한 것이었는데 나머지 반이 두려움이 된 건 두 가지 이유에서였다. 하나는, 밤을 꼬박 새우고 아침 버스를 탄 터라 버스에서 눈을 좀 붙여야 했는데 잘못하면 가는 내내 '소설 얘기'를 하게 생겼기 때문이었다. 또 하나는 내가 가방끈이 짧은 관계로 '문학 이야기'를 몹시 꺼린다는 것이었다. 그것도 처음 만난 시인과는 더더욱.

그러나 그것은 모두 쓸데없는 걱정이었다. 이성복 시인은 이렇게 말했다.

"죄송한 얘긴데… 새벽까지 술을 마셨더니 아주… 좀 자겠습니다."

"아, 예, 예, 염려마시고 편히…"

이성복 시인은 1인용 좌석으로 옮기더니 이내 잠이 들었다. 나도 고속버스가 대관령을 채 넘기도 전에 고개가 떨어졌다. 안도감 속에서….

우리는 강남 고속버스 터미널에 도착해서야 잠에서 깼다. 아침부터 흔들리는 버스 안에서 정신없이 잤더니 이성복 시인이나 나나 정신이 개운치 않았다. 이성복 시인은 오는 내내 잠만 잔 게 마음에 걸렸는지 버스에서 내린 후 내게 말을 걸어왔다.

"소설 대표작은 뭐 있습니까? 제가 알만한…"

"아닙니다. 지금은 소설 안 쓰고 있습니다."

"아, 그러세요? 그럼 무슨 일을…?"

"지금은 만화를 그리고 있습니다."

"만화요?"

이성복 시인은 눈을 동그랗게 뜨고 나를 쳐다보았다. 그러더니 이렇게 말했다.

"정말 잘했어요, 정말!"

진심이 담긴 목소리였다. 나도 그 말의 의미를 십분 이해했다. 그런데 그러고 나니 조금 쓸쓸해졌다. 우리는 이후 별 말 없이 걸음을 맞추다가 갈림길 앞에서 마지막 인사를 나누었다.

"다음에 기회 되면 심 선생이랑 같이 한 번 봅시다."

"네. 선생님."

"그리고… 만화 그리기 정말 잘했어요."

'남해금산'의 시인은 그렇게 짧지만 강렬한 인상을 남기고 총총히 사라졌다. 안타깝게도 그 후 이성복 시인을 다시 만날 기회는 없었다. 그러나 시인이 마지막으로 남긴 그 말은 몇 년 간 뇌리에서 떠나지 않았다. 특히 이것저것 다 쓰고 난 후에도 통장에 잔고가 백만 원(!)이나 있을 때, 그럴 땐 시인의 말이 더더욱 생각났다.

그리고 6~7년이 흘렀다. 길지 않은 세월이건만 그 사이 내 처지는 많이 바뀌었다. 만화 연재는 끊긴지 오래고 가난한 처는 쥐꼬리만한 월급을 받으러 매일 새벽 찬 이슬을 밟고 있다. 통장은 현금서비스로 겨우겨우 돌려막고 있고 건강은 건강대로 훅 불면 날아갈 신세가 되고 말았다.

그런데 참 이상하지. 가난해지니까 오히려 소설을 쓰고 싶은 열망이 스멀스멀 올라오는 것이었다. 잊고 있던 중학교 때 첫사랑을 다시 만난 느낌이었다. 소설 소재가 하루에도 서너 개씩 떠오르더니 한 일 년쯤 지나자 수첩으로 두 권이나 채워졌다. 신춘문예 일정을 찾아보는 나를 발견할 때도 있었다. 만화는 애초에 돈벌이로 시작한 것이다 보니 연재가 떨어지자 딱 손을 끊게 되었다. 소설 안 쓰고 만화 그리기 정말 잘했다고 진심으로 반색해주던 이성복 시인이 알면 혀를 찰 노릇이 아닌가. 섶을 지고 불구덩이로 뛰어들어도 유분수지!

1985년 12월, 소설가 최성각 선생님이 동아일보 신춘문예에 당선됐다. 강릉 출신인 최 선생님은 서울에서 당선 전화를 받자마자 강릉으로 내려와 가까운 문인들과 함께 축하 술자리를 열었다. 나도 입대를 앞둔 우울한 소설가 지망생의 자격으로 그 자리에 참석했는데 거기서 심재상 교수님을 처음 만났다. 그러니 심 교수님과의 인연도 올해로 30년이 되는 셈이다.

30년 전, 그 추웠던 겨울, 최성각 선생님 신춘 당선 축하 자리에서 누군가 '골든 벨'을 울렸다. 너무 기쁜 나머지 지금 이 술집의 술값을 몽땅 계산하겠다는 뜻이었다. 지금도 그런 미풍양속이 있는지 모르겠지만 곧, 진짜 곧, 심재상 교수님께 30년 전과 같은 그런 골든 벨을 울릴 수 있는 쿠폰(!)을 한 장 드리고자 한다. 안 받으시면 할 수 없지만 흔치 않은 특권(!)이니만큼 쉬 거절하지는 못 하시리라 생각된다. 그리고 이 이야기는 이성복 시인께 비밀로 해야지 싶다.

아… 그러고 보니 이런 흰소리도 어언 30년째다.

유일한 동물 외 8편

최영순

유일한 동물

지혜로운 사람은 뜻을 높이 지니되 행동은 한 걸음 물러선다. -채근담

그것도 몰랐기에

윗사람이 몸가짐이 바르고 덕이 있어 솔선수범하면 명령하지 않아도 저절로 시행된다.
-논어

선택한 까닭

옛날 학식이 높다고 뻐기기를 좋아하는 한 관리가 도사님을 찾아왔습니다.

......

관리는 이곳에 와서도 한참을 자신의 학식을 자랑하더니 갑자기 질문을 던졌습니다.

저기......

길을 걷다가 자루 두 개를 발견했다고 합시다......

한 자루에는 돈이 가득 들어 있고, 다른 자루에는 지혜가 가득 들어 있습죠.

둘 중 하나만 가질 수 있다면 과연 어느 쪽을 택하시겠습니까?

그야 당연히 돈 자루입지요 ......

돈자루?

허허참... 나라면 지혜를 택했을 거 같은데 말이요 ....

그거야 뭐...

각자 자신이 부족한 것을 택하는 게 아니겠습니까?

가장 훌륭한 지혜는 친절과 겸손이다.
-탈무드

제일 크게 되려면

공부와 실천은 수레의 두 바퀴와 같다. 그래서 자기 자신도 이롭게 하고 남도 이롭게 해야 한다.
-원효

파리에게서조차

어느 날 높으신 양반이 스승님을 찾아와 차를 한 잔 같이하게 되었습니다.

그런데 어디선가 파리가 한 마리 날아왔습니다.

어?

이놈의 파리!

가만두세요. 제 스승입니다.

파리가요? 허참!

파리는...

아무런 잘못이 없는데도 궁둥이를 치켜든 채

?

매일 손금이 지워지도록 세상을 향해 용서를 구하지 않습니까?

우리는 파리에게서조차 많은 걸 배워야 합니다...

생각을 조심해, 생각은 말이 되니까.
말을 조심해, 말은 행동이 되니까.
행동을 조심해, 행동은 습관이 되니까.
습관을 조심해, 습관은 인격이 되니까.
인격을 조심해, 인격은 운명이 되니까.
-영화 〈철의 여인〉 중

진짜 명의

어떤 도인이 무병장수를 약속하는 명의 세 사람 이름을 남기고 홀연히 사라졌습니다.

어서 열어봐요!

소식, 숙면, 운동!

역시!

끄덕 끄덕

그보다 훨씬 더 훌륭한 명의 두 사람 이름이 여기 있어요!

그래요?

웃음! 사랑!

아하!

여기 그 다섯 명의를 다 합친 것보다 더 훌륭한 명의가 딱 한 사람 있다는데요?

누, 누군데요?

우르르...

실천!

병도 긴 눈으로 보면 하나의 수양이다.
-허준

행복이란?

나폴레옹은 유럽을 제패한 황제였습니다. 그러나...

"내 생애 행복한 날은 단 6일밖에 없었다."고 고백했습니다.

후우 ......

헬렌 켈러 여사는 태어난 직후 시력과 청력을 모두 잃는 불행을 겪었습니다. 그러나...

"내 생애 행복하지 않은 날은 단 하루도 없었다."는 고백을 남겼습니다.

행복이란 인생의 정원에서 가장 늦게 피는 꽃이다.
-헬렌 켈러

최고의 노후 준비

행복의 비결은 필요한 것을 얼마나 가지고 있는가가 아니라 불필요한 것에서 얼마나 자유로워져 있는가 하는 것이다.
-맥스 어만

그는 왜 혼자 초죽음이 되었을까?

하루 종일 운동을 했는데 '훈련양이 적어서 불안하다'고 느끼면 그라운드로 나갈 것이 아니라 심리 상담이 필요하다.
-염경엽(프로야구 감독)

최영순 만화가
1964년 강릉 주문진 출생. 카툰집 『마음밭에 무얼 심지?』, 『행복콘서트』,
『마음 한번 바꾸면』.

제 영혼의 워밍업 기간

정의진

선생님, 선생님께 헌사를 쓰려니 참 어렵고, 어렵다기보다는 어색하구나 싶습니다. 짧은 인연인 분이었다면 차라리 쉬울 텐데요. 고등학교 시절 다랑의 바다시 낭송회가 제 영혼의 워밍업 기간이었습니다. 재수할 때 학력고사 끝나고 불문과 가겠다고 선생님 연구실에 찾아갔던, 눈 내린 뒤 쾌청하던, 그러다 또 눈 내리고, 다시 눈밭이 햇빛에 쨍쨍하던 어느 겨울날이 또렷합니다. 그날 김종삼을 다시 읽고, 그러다가 보들레르도 알았는데, 사태가 여기까지 올 줄이야 저도 몰랐습니다. 제대하고 나서 여자 친구랑 선생님 방에서 밤새 음악 듣고 이야기하다 새벽에 나왔던 날은, 지금도 저에게 이따금 떠오르는 날입니다. 대학원 시절부터만 대략 어름해보더라도, 20년이 넘게 시간이 흘렀습니다. 새파란 석사입학생을, 그때부터 동학 대우를 해주시던 선생님이셨지요. 아, 그 많은 술과 노래와 밤은 갚을 길이 없습니다. 변변치 않은 저에 대한 염려와 격려도 과분할 때가 많았습니다. 감사합니다, 선생님. 당연히 건강하시리라고 믿어 의심치 않겠습니다. 그런데 아무리 생각해도 이번 형식도 좀 어색해서 어쩔 줄을 모르겠습니다. 선생님, 조만간 노래방에서 뵙겠습니다.

공동체, 문학, 정치

정의진

1. 신화와 이성

공동체, 문학, 정치의 함수관계를 생각해보는 짧은 글을 하나 써야겠다는 생각을 했었다. 이 주제는 아마도 인류와 문자의 역사만큼이나 오래된 주제일 것이다. 서양문학 전공자들이 공유하는 기본지식에 비추어 보자면, 플라톤의『공화국』, 아리스토텔레스의『시학』등은 공동체 안에서의 문학의 역할과 의미에 대한 질문을 내포하고 있다. 이 문제는 곧 정치의 문제와도 직결된다. 민주주의를 선동에 휩쓸리기 쉬운 우중의 정치로 간주하고 이를 경계하던 플라톤에게, 문학예술은 감각적 자극에 호소하는 비이성적인 프로파간다의 도구로 변질될 위험성을 내포하고 있다. 따라서 문학예술은 철학적 이성의 통제 하에 놓여야 한다. 아리스토텔레스에게 문학은 일반적인 역사적 기록보다 훨씬 효과적으로 사건과 진실과 윤리를 표현할 수 있는 인식론적 방법론이자 글쓰기의 형식이다. 즉 아리스토텔레스에게 문학은 이성의 반대말이 아니라 특수한 이성의 한 형태이다.

이들이 공히 분석의 대상으로 삼은 그리스의 서사시와 비극들은 삼중으로 정치적인 경우가 드물지 않았다. 가령 소포클레스의『오이디푸스 왕』이나『안티고네』등은 우선 내용적으로 뚜렷하게 공동체와 정치의 문제를 다루고 있다. 그리스 비극에서는 사랑도, 증오도, 연민도, 복수도, 회한도, 모두 궁극적으로 정치사회적인 윤리의 지평으로 수렴되는 경향이 있다. 두 번째로 저자인 소포클레스 자신이 정치가이기도 하였다. 그리스 비극의 원형을 확립하였다고 하는 선배 아이스킬로스도 마찬가지였다. 세 번째, 그리스 비극 경연대회는 국가가 주관하는 사회적이고 종교적인 제전이었다. 문학예술의 정치성이라는 문제는 작품의 내용과 사회제도적인 역사적 맥락의 차원에 국한되지 않는다. 정치사회적인 윤리와 가치관을 효과적으로 표현하기 위하여, 작품의 형식적 측면, 즉 어떤 종류의 운율과 문체와 구성이 보다 적절한 것인가라는 문제들에 대해서도 플라톤과 아리스토텔레스는 상세하게 논한다.

그리스사회에서 문학예술의 문제가 정치적이고 사회공동체적인 지평과 직접적으로 결부되어 있었다는 점에서, 이 문제가 곧바로 정치적 행위의 문제로도 연결되는 것은 자연스러워 보인다. 아리스토텔레스의 수사학은 문학적 수사학의 문제인 동시에, 정치적인 연설과 법정에서의 논쟁을 효과적으로 수행할 수 있는 방법론적 지침이기도 하다. 엄격한 이성적 논증 이외의 수단에 근본적인 불신을 가지고 있던 플라톤에게, 아마도 아리스토텔레스 저작의 어떤 페이지들은 얄팍한 말재주와 선동을 부추기고 합리화하는 것으로 비칠 수도 있었을 것이다. 아닌 게 아니라, 많은 나라의 시민들은 갈수록 정치가들과 법률가들이 TV를 통해서 '연기'한다고 생각한다. 프랑스식의 다소 냉소적인 농담을 빌리자면, 가장 연기를 잘 하는 자들은 우선 정치가가 되고, 2급 연기자들부터 배우를 한다는 말이 갈수록 뼈있는 농담이 되어 온 것이 사실이다.

그런데 재미있는 것은, 서사시와 비극에 대해 그렇게도 철저한 이성적 비판과 경계의 논리를 전개한 플라톤의 저작들이, 아리스토텔레스의 저작들보다 형식적으로 훨씬 문학적이라는 점이다. 그의 저작들은 대사에 입각한 '철학적 연극'으로 간주할 수 있을 정도로 연극적 구성이 두드러진다. 게다가 필요할 시에는 시인과 극작가와 화가들을 사회에서 추방해야 한다고 주장하는 『국가』에는, 얼마나 많은 신화적 우화들이 동원되는가? 『국가』의 마지막 장에 나오는 이데아에 입각한 국가의 성립과정에 대한 환상적인 신화를 읽다가 보면, 플라톤은 자신의 이상인 철인국가의 정당성을, 최종적으로 신화적인 환상을 통해, 사람들에게 '감각적으로' 각인시키려 드는 것 아닌가라는 생각이 들지 않을 수 없다. 비록 그 신화적 환상이 절대적 선과 이성에 기초한 '모범적인' 신화라 하더라도, 『국가』라는 텍스트에 내재하는 모순적 긴장은 그대로 남아 있을 수밖에 없다. 플라톤의 절대적 형이상학과 도덕주의에 반감을 가지고 있는 사람들이, 나아가 이러한 플라톤적인 이분법적 사고방식이 서구와 세계의 재앙적인 역사적 사건들의 기원일 수도 있다고 경계하는 사람들이, 『국가』를 철학사상 가장 '영악스러운' 텍스트라고 폄하하는 이유도 거기에 있을 것이다. 세계가 절대적이고 유일한 이성에 의해 창조된 것으로 추론하면서 이성의 감각에 대한 절대적 우위를 주장하는 것에 더해, 아예 허구적인 신화를 최종적으로 창작하여 사람들에게 징벌의 운명에 대한 공포를 심으려고 하다니…

2. 오늘날의 신화

기원전 서구 그리스의 공동체, 문학, 정치의 관계에 대한 질문은, 오늘날의 공동체, 문학, 정치를 사고하는 데 있어서도 일정한 시사점을 제공할 수 있다. 우연의 일치이기는 하지만, 이 글을 쓰려고 하는 시점에서 '프랑스 파리' 테러가 자행되었다. IS는 이 테러가 자신들이 저지른 것이라고 확인하였다. 제대로 청산되지 못하고 오히려 형태를 달리하여 지속된 제국주의와 인종주의의 역사, 전 세계적인 경제적 위기와 침체상황, 국제적이고 일국적인 차원에서 공히 심화되어 오기만 한 사회적 불평등, 이 모든 문제들과 맞물려 가령 프랑스와 벨기에라는 하나의 국가 안에서 사회공동체들이 종교적이고 인종적으로 분리·대립하는 양상의 심화… 이런 이야기를 또 쓰는 것이 민망할 정도로 반복되고 악화되어 온 문제이고 문제의 원인은 명백한데, 적어도 현재시점에서는 상황은 점점 더 미궁으로 빠지고 있다는 떨쳐버릴 수 없는 두려움… 그 인종주의적·종교적 편견, 동시에 그 인종주의적·종교적 맹목성이 이미 남의 나라 이야기가 아닌지 한참 되었다는 어찌할 수 없는 자각… 한국의 TV 프로그램과 지자체의 소박한 사업들을 통해 수시로 접할 수 있는 '건전한 다문화주의'가, 가령 북미와 유럽과 오세아니아에서처럼 문제의 근본적인 해결과 따로 놀 수도 있는 가능성…

모든 것이 복잡하게 얽혀 있는 현재의 상황에 대하여, 문제의 실마리를 풀 수 있는 유일한 가능성은 정직하고도 분명하게 상황을 직시하는 것이리라. 상황을 분명하게 직시한다는 것은 단지 합리적인 정책과 대안을 제시하는 문제에 국한되는 것이 아니라, 이미 합리성의 수위를 넘어가버린 축적된 증오와 복수의 에너지까지 직시한다는 것이다. 이번 파리테러의 범인들은 '알라는 위대하다', '시리아를 위하여' 등의 구호를 외쳤다고 한다. 그들의 정신세계, 자신의 죽음을 이미 전제한 상태에서 타인들을 살해하는 정신세계는 우선 종교적 극단주의에 기초해 있다. 그런 의미에서 이는 반이성적이며, 그런 의미에서 이는 신화적인 맹목성이다. 즉 천상의 유일하고도 궁극적인 공동체에 대한 신화적 믿음으로 자폐적으로 무장하지 않고서는, 그토록 침착하고도 확신에 찬 살인은 불가능하다. 그런데 이러한 자폐적이고 자기완결적인 신앙적 에너지의 기원은, 종교 자체가 아니라 사회적 삶을 통해 축적된 반복적 경험에 있다. 가령 아랍계인 경우 부동산에서 집을 거래할 수 있는 확률이 특히 부유한 지역으로 갈수록 몇 배로 낮아지고, 유색인종의 비율이 높은 교외지역의 실업률이 다른 지역에 비해 두 배 이상 높은 현실—일의 '질'이라는 문제는 배제하고라도—등이 그것이다.

그런데 그러한 극단적인 신앙은 동시에 단순한 맹목이 아니라 하나의 사유체계에 입각해 있다. 유일신교, 즉 유대교, 기독교, 이슬람교는 유일신을 가정하고 믿음으로 이끄는 하나의 사유체계에 입각해 있다. 이러한 사유체계는 가령 플라톤의 유일하고 절대적인 이데아에 대한 논증방식과 무관하지 않으며, 절대적이고 초월적인 이상적 유일자가 문제가 되는 만큼 이에 대한 신비주의적 해석의 '깊이'와도 무관하지 않다. 그런데, 그 절대적 유일자가 '지상'과 '현실'에서 결여되어 있으므로 창조된 것이라면, 그 유일자에 이르는 길은 지상의 한계를 벗어나는 것, 즉 '죽음'과 맞닿아 있다. 그래서 종교적 순교는 성스러울지 모르지만 공포심을 자아낸다. 삶을 위한 헌신의 과정에서 때로 발생하는 역사적 희생이 아니라, 이미 지상을 벗어나고 싶은 죽음에의 유혹이 예비 된 상태에서 종교적 순교의 이데올로기와 실천이 나오는 것이 아닌가 해서이다. 그런데 현재의 사회적 상황은 적어도 극소수의 사람들에게는 이를 맹목이 아니라 '신념과 이성의 일치'로 받아들이게 하는 상황까지 이르렀다. 그러한 믿음으로부터 현실의 구체적 삶과 인간들을 모두 타락한 것으로 간주하는 맹목성과 잔인함이 도출된다. 여기에는 자기 자신도 예외가 아니다. 순교는 곧 속죄이고 참회이기도 하기 때문이다. '신앙 공동체'의 가장 극단적인 양상은 집단자살이거나 집단타살이다.

그런데 좀 다른 이야기라 하더라도, 한국의 종교적 신앙의 사회적 발현양상이, 서구인들의 일반적인 신앙생활보다 덜 맹목적이라고 자신할 수 있는 근거가 있는가? 가령 한국의 기독교인들은 서구의 기독교인들보다 분명히 덜 이분법적인가? 아시아인들의 불교적 문화전통이나 유교적 사유체계는 서구의 기독교나 중동의 이슬람보다 덜 이분법적이므로 아직은 안심해도 좋은가? 그렇다면 우리보다 훨씬 깊고 유구한 불교적 전통을 가진 캄보디아의 '킬링필드'는 어디에서 연유한 것인가? 즉 그들은 어떻게 공산주의라는 정치이념을 절대적으로 종교화하는 지경까지 나아갔는가? 가령 북한은?

3. 무위의 공동체

그래서 공교롭게도 요즘 많이 읽었던 장-뤽 낭시가 떠올랐다. 1983년에 발표된 장 뤽-낭시의 「무위의 공동체(La Communauté désœuvrée)」는, 현실정치에서도 정치철학에서도 다루기가 매우 까다롭고 민감한 '공동체(communauté)'라는 용어를 전면에 내세운다. 이 용어의 기원은 역사적으로는 기독교와 신비주의적인 전통을 포함하는 종교적 공동체로까지 거슬러 올라간다. 이를 파시즘은 정치적으로 적극 활용하였다. 레니 리펜슈탈의 영화에서 보듯, 가령 철십자 마크는 십자가의 변형이며, 나치는 소시지와 맥주를 곁들이는 독일적인 중세적 축제를 장려하고 조직하였다. 다른 한 편 이 용어는 'communisme'과 동일한 접두어를 가지고 있다. 즉 공동체라는 용어는 1983년의 프랑스와 유럽에서, 비록 인간사회에 대한 이상주의적 지향을 담고 있다고 하더라도 현실정치를 사고하기 위한 범주로서는 터부시될만한 모든 요소, 즉 반근대적이고 반민주적인 종교적 신비주의, 파시즘의 집단주의적 광기, 공산주의적 전체주의의 함의를 내포하고 있었다. 장 뤽-낭시의 회고에 따르면, 자크 데리다 등은 장 뤽-낭시가 'communauté'라는 개념을 존재론적이고 정치철학적인 사유의 중심개념으로 채택하는 것에 비판적이고 유보적인 입장을 표명하였다고 한다.

그러나 장 뤽-낭시가 '공동체'라는 개념이 내포하는 역사적이고 정치적인 함의 및 위험성을 몰라서 이 개념을 연구의 중심대상으로 삼은 것은 물론 아니다. 장 뤽-낭시는 이 개념을 다시 사고하고 새롭게 규정하고자 한 것이다. 이 때 핵심적인 문제는 'commun-', 즉 '공동의 -'라는 의미를 어떻게 이해할 것인가의 문제이다. 파시즘이 '전체주의적 대중(masse) 내지 군중(foule)'을 주조해내기 위하여 활용한 공동체의 의미나, 현실 사회주의국가의 실상이 드러나면서 'communisme'이라는 용어에 덧씌워진 개체성이 말살된 전체주의라는 함의를 피할 수 있는가가 장-뤽 낭시의 시도의 정당성과 직결되는 문제였다.

동시에 이에 대한 이분법적 대립구도 속에 놓인 '개인주의(indivi-dualisme)'를 극복하는 것 또한 장 뤽-낭시에게는 핵심적인 문제였다. 보편적인 휴머니즘과 앙가주망의 윤리의 차원에서 '코뮤니즘'을 '넘어설 수 없는 지평(horizon indépassable)', 즉 회피해서는 안 되는 지식인의 지향점과 의무로 규정한 사르트르의 유명한 명제를, 장-뤽 낭시는 1983년의 현실에 비추어 비판적으로 상기시킨다. 현실적으로나 이념적으로나 코뮤니즘은 오래전부터 당대의 지평 자체에서 사라져가고 있으며, 역사적 경험을 통해 축적된 파시즘과 공산주의의 독재적이고 전체주의적인 억압과 폐해로부터의 자유와 해방을 의미하는 유일한 현실적 지평으로 행세하는 것은 개인주의이다. 따라서 1983년의 상황에서 '넘어설 수 없는 지평'은 더 이상 코뮤니즘이 아니라 개인주의라고 장-뤽 낭시는 다소간 도발적인 역설법을 구사한다. 그런데 개인주의에 내재하는 생물학적이고 자연주의적인 인간관, 인간을 '원자'수준으로 환원하는 인간관이 대안이 아니라면, 장 뤽-낭시의 궁극적 목표는 전체주의적이거나 집단주의적인 위험성으로부터 벗어난 다른 차원의 공동체를 재규정하는 것이었다고 할 수 있다.

장 뤽-낭시는 「무위의 공동체(La Communauté désœuvrée)」에서 공동체의 문제를 다시 사고하기 위하여 조르주 바타이유를 참조하였다. 장-뤽 낭시는 우선 '개인주의'와 '개별적 특수성(singularité)'을 구분한다. '엑스타시(extase)'의 상태에 도달하는 '에로티즘'의 경험을 통해, 즉 개인적 정체성의 해체를 통해서만 도달할 수 있는 개별적 특수성은, 동시에 개인성의 해체상태를 의미한다. 즉 개인적 정체성의 무화지점에서 '절대적 타자성(altérité absolue)', 사랑의 상태 내지 상황, '연인들의 공동체(communauté des amants)'가 탄생한다. 장-뤽 낭시는 이러한 궁극적 상태를 '무위(désœuvrement)'로 규정한다. 이 개념을 낭시는 모리스 블랑쇼에게서 차용하였다고 한다. 즉 예술적이거나 정치적인 '작품(œuvre)'이 해체되는 상황, 주체와 주체의 소통 내지 결속이 'singularité'와 'communauté'를 이분법적으로 대립시키지 않을 수 있는 공동체를 장-뤽 낭시는 '무위의 공동체'라고 명명한다. 이러한 무위의 공동체를 현실적으로 경험할 수 있는 기회, 이러한 무위의 공동체의 가장 큰 징후를 내포하는 것은, 그에 따르면 문학예술이다. 장-뤽 낭시는 68년 5월을 기점으로 현실 사회주의 체제나 교조적 마르크스주의의 대안으로 제시되었던 많은 사고와 개념들 가운데 '문학적 코뮤니즘(communisme littéraire)'이 있었음을 상기시키며, 더불어 발터 벤야민과 모리스 블랑쇼 등을 이러한 사유 경향의 대표자로 언급한다.

발터 벤야민과 모리스 블랑쇼를 유사한 사유체계를 가진 인물들로 간주할 수 있는지는 사실 잘 판단이 안 선다. 다만 장-뤽 낭시가 하고자 하는 말의 요지는 중요해 보인다. 문학적 공동체가 동시에 문학적 코뮤니즘인 이유는, 문학이 신화가 끝나는 지점에서 시작하기 때문이다. 신화가 닫힌 동일성의 신념체계라면, 문학은 신화적인 동일성, 신화적인 내재적 자기 완결성을 부정하는 지점에서 시작된다. 그래서 그리스 신화와 그리스 비극은 같은 것이 아니다. 신화를 문자화하고 극적 형식으로 완성해나가는 과정은, 신화적 신념체계의 안과 밖에서 신화의 윤곽을 다시 그려나가는 것이며, 이는 동시에 공동체와 정치의 신념체계와 윤곽을 다시 그려나가는 것이기도 하였다. 이러한 과정은 자폐적인 자기동일성의 정체성과 한계를 벗어날 때만 시작되는 과정이다. 이 과정은 따라서 대화와 논쟁의 과정, 즉 '공동(commun-)'의 과정일 수밖에 없다.

가령 벤야민은 이미 신화로 변질되어 버린 스탈린의 현실 소비에트체제의 안과 밖에서, 브레히트와 카프카와 초현실주의 등을 통해 새로운 코뮤니즘, 새로운 공동체의 신념과 체계를 모색하였다. 또한 자신의 사유체계 안에 내재하는 유대교적 신비주의의 종교성을 역사화하고자, 즉 절대적인 종교적 신념의 '수직적인' 방향성을 역사의 '수평적인' 미지로 돌려놓고자 하였다. 종교적 의미의 깊이라는 인류의 자산을 버릴 수는 없으므로, 의미의 깊이를 현실의 공동체가 모색해나갈 역사적 미지로 투사하는 것이 아마도 벤야민의 목표였던 듯하다. 맥락은 다르지만 블랑쇼 또한 유사한 시도를 하였음은 분명해 보인다. 1930년대의 극우적인 정치적 과오에 대한 성찰이, 68혁명을 전후한 시기에 신화적 동일성에 기초한 코뮤니즘과는 다른 코뮤니즘을 모색하는 과정과 맞물렸던 것이다.

그런데 이 과정은 끝이 없는 과정이다. 문학과 공동체에 대한 새로운 모색이, 어쨌든 '용기', '희망', '헌신' 등을 절대적으로 필요로 한다면, 결국 문학은 신화를 해체하면서 새로운 신화를 잉태할 것이다. 우리는 신화를 부정하는 것이 아니라, 아마도 신화를 보다 신중하고 역사적으로 다루는 방법을 배우게 될 것이다. 기억할 만하거나 기억해야만 하는 역사를 기념하고 추도하고 반성하는 방법론으로서, 맹목성과 의미의 깊이를 구분하는 방법, 신화를 현재적인 역사적 지평으로 개방하는 방법을 배우게 될 것이다. 그러자면, 김수영의 시처럼 "전통은 아무리 더러운 전통이라도 좋다"는 역사관, "이번에는 우리가 악어가 되고 표범이 되고 승냥이가 되고 늑대가 되더라도" 현실을 회피하지 말자는 정치관도 필수적일 것이다.

정의진 평론가
1968년 강릉 출생. 2002년 『세계의문학』 등단. 대표 평론 「폭력적 일상 안에서 피는 시적환영의 꽃-이성복의 삶, 꿈, 언어」 등

희고 맑고 높은 자작나무

김정남

　나는 스스로를 귀화민이라고 부르며 산다. 스무 살 무렵 운명의 지침이 나를 영(嶺) 너머 이곳으로 던져놓았을 때는, 낯선 곳을 잠시 거쳐 간다고 생각했을 뿐이었다. 하지만 고래 뱃속 같은 이곳은 내 발목을 놓아주지 않았고, 마침내 내 모든 것을 끌어안았다. 어느 노래에서처럼 "서울이라는 아주 낯선 이름과 또 당신 이름과 그 텅 빈 거릴" 생각하며, 마침내 나는 그 비만한 중심을 향해 초가(楚歌)를 부르는 이적(夷狄)이 되었다.

　소나무만 울울한 이곳에 희고 맑고 높은 자작나무 한 그루가 있었다. 그 나무는 오래전부터 거기에 있었지만, 그 존재를 알아보기에 그때 내 눈이 너무 어두웠다. 내가 부질없이 길어진 가방끈을 질질 끌며 다시 여기에 찾아들었을 때, 이 땅을 지키고 있었던 것은 흔하디흔한 소나무들이 아니라 한 그루 고고한 자작나무였다는 것을 알았다. 더 나아가 그 나무 곁에는 그를 닮은 정(淨)한 나무들이 서로 인연을 나누고 있었다는 사실을 깨닫게 되었다. 그 나무가 숲 속에 감추어진 내밀한 영지(靈地)로 나를 데리고 들어갔다.

　자작나무는 나를 가리켜 "자신을 스스로 완성해서 온 사람"이라고 했지만, 그의 숲 속에 들어간 이후부터 나는, 나머지 공부를 하듯 재수업의 시간을 거쳐야 했다. 그가 어느 날 내게 건넨 저서의 속지에는 이렇게 써 있었다. "뒤늦게 만나 더욱 애틋한……"이라고. 곁이 없을 것만 같았던 자작나무는 애틋함이 뜻하는 바와 같이 정답고 알뜰하게 나를 대해주었을 뿐만 아니라, 아직 어린 나무에 불과한 나에게, 볕 잘 드는 한 쪽에 자리를 내어주며, 이 숲에 어떻게 뿌리를 내려야 하는지, 어떤 나무와 벗해야 하는지, 어떻게 숨 쉬고 무엇을 열매 맺어야 하는지, 거의 모든 것을 가르쳐주었다.

나는 지난 시절 받을 수 없었던 사랑을 벌충하듯, 그가 주는 금언(金言)과 은정(恩情)을 밥처럼 먹고 살아왔다. 때로는 정신이 번쩍 들게 하는 매운 회초리도 있었지만, 나는 그것조차 다디달았고 가슴 뻐근했다. "좋아하는 이에게서 가장 많이 배운다."는 말처럼, 가끔씩 그를 닮아가려고 하는 자신의 모습을 발견할 때가 있다. 나직하면서도 깊은 울림으로 말하는 법, 예리하면서도 웅숭깊은 언어를 빚는 법, 흐린 시간을 견디는 법, 불의에 맞서는 법, 이 모든 것을 외롭고 높은 자작나무는 내게 가르쳐 주었다.

오래오래, 나는 그의 곁에서 살 것이다. 이제 더는 갈 데도 없는 존재지만, 그가 내준 마음의 품이 내겐 낙원이다. 대관령 기슭에 뿌리 내리고 살게 해준 것도 그의 은사다. 살뜰하게 모시고 내내 갚아야 할 은혜가 태산이다. 갑자(甲子)는 새로운 시작이니, 언제나 그 자리에 희고 맑고 높은 자작나무로, 처음처럼 서 계시길. 그 나무가 없으면 산도 없고, 숲도 없고, 나도 없으니.

버스 정류장

김정남

1

"인아. 누나가 많이 아프다."

이렇게 말하던 사람이 아니었다. 내가 아는 누이는 메마르고 강퍅해 보일지는 모르지만 깊은 우물 같은 속내를 지닌 여인이었다. 그녀의 입에서 아프다, 는 본능적인 말이 튀어나왔을 때, 나는 가슴이 덜컥 내려앉았다. 그것은 힘들다와 두렵다와 보고 싶다가 결합된 새로운 의미의 단어였다. 전화를 끊자 마음은 썰물 진 개펄처럼 캄캄해졌다. 아득히 밀려갔던 물이 다시 들어와 남실거리듯, 어서 누이에게 다가가 그녀의 속울음을 들어야 한다고 생각했다.

토요일 기사를 던져 놓고, 데스크의 컨펌도 나기 전에 서둘러 터미널로 향한다. 초가을 햇살에 따끈하게 데워진 바람이 살랑 불어온다. 손가락 사이를 빠져나가는 바람의 감촉이 젖가슴을 한 움큼 쥔 것처럼 몽글몽글하다. 마음이 바닥을 칠 때마다 몸 구석 어디선가 끓어오르는 이상한 정욕이 어김없다. 극과 극의 상태가 한 몸 안에서 맴돌이 한다는 것이, 살아 있음에 감당해야 할 끈덕진 생의 욕망을 환기한다.

한길을 돌아 한적한 골목길에 접어든다. 붉은 깃발을 내건 무당집 구릿빛 양철지붕이 나른한 오후 햇살을 받으며 꾸벅꾸벅 졸고 있다. 아기동자보살이라고 씐 간판 아래 작은 화단이 꾸며져 있다. 화사한 분홍색 꽃을 피우고 있는 것은 다름 아닌 철쭉이다. 그 옆으로 옹색하게 지어진 닭장에는 닭 몇 마리가 꾸꾸 소리를 내며 고개를 조아리고 있다. 가을 더위를 봄의 훈풍으로 착각한 철쭉의 미련한 성감대가 딱하게 느껴진다. 섭리라고 하기엔 덧없이 속아버린 꽃들의 감각이 아둔하기만 하다. 꽃잎을 따서 닭장 속으로 들이밀자 닭들이 부리를 내밀어 그것을 쪼아 먹는다. 땅바닥에 널브러진 꽃잎들까지도 흔적 없이 사라진다.

"지금 뭐하는 거요?"

순간 미닫이문이 열리자, 울력복을 입은 초로의 여인이 튀어나와 대뜸 호통을 친다. 험악한 기세로 쏘아보는 매서운 눈매에 섬뜩한 기운이 번득인다. 나는 하던 짓을 멈추고 급히 발걸음을 옮긴다.

"에잇, 가을 철쭉 같은 놈!"

순간 내 뒤통수에 날카로운 말 한 마디가 날아와 박힌다. 그것은 송곳처럼 예리하면서도 벽돌처럼 단단한 파괴력으로 나를 강타한다. 그녀는 자신의 신기(神氣)로, 처음 본 사내의 운명을 직관한 것이다. 철 모르고 핀 가을 철쭉. 항시 타야 할 버스를 놓쳐 어쩔 수 없이 다른 버스를 타고 가다 엉뚱한 곳에 내려 헤매는 꼴이라고 할까. 이상하게 무녀의 말에 뒤가 당긴다. 눈물이 날 것 같기도 하고 서럽기도 하다.

상봉동으로 가는 티켓을 끊고, 버스 시간이 다가올 때까지 하릴없이 이곳저곳을 서성인다. 금요일 저녁이라 터미널은 북새통이다. 끊임없이 떠나고 다시 오는 장소가 터미널이라면, 우리의 인생도 이곳에 이르기 전에 각자의 운명을 부여받기 위해 기다린 대합실이 있지 않았을까. 젊은 여인의 포대기에 안겨 칭얼대는 어린 아이와, 의자에 나란히 앉아 누구의 눈길도 의식하지 않은 채 밀어를 나누는 젊은 남녀와, 김밥을 꾸역꾸역 입속에 밀어 넣고 있는 처연한 중년의 사내와, 중절모를 쓴 채 버스표를 손에 쥐고 출발 시간을 초조하게 기다리고 있는 노인은, 끊임없이 도착하고 사랑하고 묵묵히 견디다가 마침내 떠나는 생의 풍경을 표상한다고 생각해 본다.

버스에 오르자, 말린 오징어 냄새 같은 쾨쾨한 냄새가 훅 끼쳐 온다. 두통과 멀미를 유발하는 저 냄새는 이 버스에 앉았던 모든 이들의 숨 냄새와 체취가 스미고, 이것들이 서로 뒤엉키고 부패하면서 완성한 취기(臭氣)다. 아프고 고단한 이들이 몸을 기대고 앉아 이리저리 흔들리며 생의 악취를 뿜어냈구나. 옆자리엔 핸드폰을 귀에 대고 전화 통화에 여념이 없는 아주머니가 앉아 있다. 엉거주춤 일어나 앞뒤를 둘러보니 모든 자리에 사람들이 콕콕 박혀 있다. 만석의 버스는 폐소의 압박을 가중시킨다. 시선을 밖으로 돌리고자 더러운 커튼을 젖히니, 아직 차에 오르지 못한 이들이 긴 줄로 늘어서 있는 모습이 보인다. 저들의 기다림은 기대감일까 지루함일까 불안함일까.

2

이제 차에 시동이 걸리고, 환풍기가 작동한다. 더러워진 공기가 빨려나갈 것을 생각하니 조금 숨통이 트이는 듯하다. 버스가 시내를 빠져나가 강변도로를 달리기 시작한다. 먹물 같은 강물 위에 노란 가로등 불빛이 점점이 흔들리고 있다. 저 어룽거리며 번지는 것들이 안쓰럽게 보인다. 옆자리의 아줌마의 통화는 길고도 지루하게 이어진다. 관심을 끊으려 해도, 스멀스멀 끼쳐오는 맵고 비릿한 음식 냄새가 역하게 느껴진다. 그녀가 다리 사이에 내려놓은 검은 비닐봉투 속에는 시루떡이나 소머리 고기나 홍어무침 같은 잔치 음식들이 들어 있으리라. 장례식장에 가서도, 누군가의 죽음을 앞에 두고 무엇인가 먹는다는 것이 꺼림칙해서 젓가락을 끼적거리다가, 나중에 이상한 식욕이 돌아 과식을 하게 되는 경우가 있듯이, 저 뒤섞인 음식 냄새가 야릇한 허기를 불러온다. 저 검은 비닐 속에 담긴 음식처럼, 커다란 보자기에 고사음식을 싸들고 왔던 한 시절의 풍경이 눈앞에 그려진다.

외딴 산비탈에서 화전을 일구며 살던 시절, 무엇을 하는지는 알 수 없었지만 아버지는 종일토록 마을에 내려가 있었고 늘 고주망태가 되어 돌아왔기에, 뙤약볕 아래서 돌을 골라내 푸성귀라도 심어 가꾸는 것은 늘 어머니의 몫이었다. 인근에 있는 농업고등학교에 다니는 누이가 가끔 어머니와 함께 밭에 나가곤 했지만, 대부분의 일은 할쭉한 어머니의 작은 체구 안에서 뿜어져 나오는 안간힘에 의해 건사되었다.

어느 겨울엔가, 해가 떨어진 지가 한참이 지나도록 돌아오지 않는 아버지 때문에 집안이 발칵 뒤집힌 적이 있었다. 어머니는 마을로 내려가 이장과 몇몇 사내들을 불러, 전짓불을 비춰가며 온 산을 헤맸다. 새벽 무렵, 낭떠러지 아래서 발견되었다는 아버지는 수북한 가랑잎을 덮은 채 산짐승처럼 벌벌 떨고 있었다고 했다. 그는 마을 청년의 등에 업혀 간신히 집에 올 수 있었지만, 그는 영영 다리를 딛고 일어설 수 없는 불구의 몸이 되고 말았다. 허구한 날, 술 냄새를 풍기며 산길을 오르내린 그에게 닥친 불운은, 일어날 일은 일어나게 되어 있다는 오래된 법칙을 환기시키기에 충분한 것이었다.

한 일은 없지만 그래도 가장이 무너지자, 어머니는 축이 나간 사람처럼 황망해했다. 억척스러움도 바지런함도 눈에 띠게 무뎌졌다. 중학생인 누이와, 겨우 초등학교 입학을 앞두고 있던 늦둥이인 나를 생각하면, 어머니는 억장이 무너졌을 것이었다. 봄이 되면 마을에 가서 일을 거들어주고, 그 대가로 소를 빌려와 비탈밭에 쟁기질이라도 할 수 있었던 것은, 그나마 사지 멀쩡한 아버지가 있었기에 가능한 일이었다. 그것으로 그는 한 해 농사를 다 지은 것처럼, 일 년 내내 술 도가니에 빠져 있었다.

"안 되겠다. 시영엄마한테 가 봐야겠다."

반신불수인 아버지에게서 똥오줌을 받아내야 했던 어머니의 입에서 그 말이 튀어나오기까지는 그리 오랜 시간이 걸리지 않았다.

등잔불 밑에서 바느질을 하고 있던 어머니는, 개다리소반 위에 공책을 놓고 뭔가를 쓰고 있는 누이에게, 단호하면서도 짧게 선언하듯 말했다.

"너도 고쳤잖니. 그러니까 아버지도."

어머니는 자신의 말에 확신을 더했다.

시영엄마라는 사람이 누군지 그때 나는 몰랐다. 그 사람은 외할머니 때부터 집안의 원화소복을 위해 찾아가던 만신이었고, 그녀는 할머니와 어머니를 영적으로 키운 수양엄마가 되었다. 어머니가 말하는 시영엄마가 수양엄마를 뜻한다는 것도, 그녀가 어린 나이에 죽을 병에 걸린 누이를 어떻게 살렸는지도 나중에야 알게 되었지만, 아버지가 다시 일어설 수만 있다면 무엇이든지 해야 한다는 생각은 당시 어린 나도 다르지 않았다. 자리에 누워 천장만 바라보고 있던 아버지도 아무 말도 하지 않았다.

"그 신이 어디 살아요?"

대뜸 내가 얘기에 끼어들었다.

"너는 안 자고 뭐해! 너는 몰라도 돼!"

어머니는 기가 차다는 듯 버럭 소리를 질렀다. 이어 누나가 말문을 이었다.

"그래서 서울까지 가려고요?"

"그래야지 않겠니. 내일 모래 장이 서면, 모아 놓은 토종꿀 몇 병과 말린 약초를 내다 팔아야겠구나."

어머니는 무릎 위에 바느질감을 내려놓은 채 한숨을 내쉬었다. 그 긴 숨이 나에게까지 끼치는 것 같아 코끝이 간지러웠다.

"그래서 버스비와 고삿돈이라도 나오겠어요?"

누이가 근심어린 말투로 말했다. 집안 근심으로 모녀가 머리를 맞대고 있는 와중에도 내 관심은 반드시 어머니를 따라 서울에 가야 한다는 생각뿐이었다.

"땅을 팔든, 몸뚱이를 팔든……."

어머니의 눈에서 구정물 같은 눈물이 뚝뚝 떨어지자, 이번에는 아버지가 소리 없이 흐느끼기 시작했다.

"당신이 무슨 염치로 울어?"

어머니는 얼른 소매로 눈물을 닦고 누워있는 아버지를 향해 벼락같이 소리를 질렀다. 나도 이상하게 눈물이 날 것 같았지만, 어머니의 호통에 깜짝 놀란 나는 이렇게 말했다.

"엄마, 서울 같이 가자고 떼쓰지 않을게요."

그러자 곁에 있던 누이의 입에서 풀썩 웃음이 새어나왔다.

3

저녁 물안개가 가득 피어오르는 길을 버스는 계속해서 달려간다. 모퉁이를 돌 때마다 아주머니의 두툼한 어깨가 내 팔뚝에 닿는다. 이상하게도 그 느낌이 푸근하게 느껴진다. 그런 감각은 그만큼 내가 사람의 온기에 굶주리고 있다는 사실을 무의식적으로 반증하고 있는 것은 아닐까 생각한다.

누이가 저렇게 약해지기 시작한 것도 매부가 3년 전 췌장암으로 세상을 뜨고부터다. 둘 중 누구의 문제인지는 모르지만, 슬하에 자식도 없이 평생 일만 하다가 훌쩍 떠나버린 그는, 이 세상에 있는 동안 무엇을 바라 살아온 것일까. 농업학교를 졸업하자마자 누이는 서울에 있는 삼촌의 손에 이끌려, 팔자에도 없는 치과의원 조무사로, 이른바 도회생활을 시작했다. 한번은 어머니를 따라 누이가 일하는 삼양동의 한 치과의원을 찾아간 적이 있었다. 병원 진료가 다끝난 저녁 무렵이었기에 흰 가운을 입은 누이는 이런저런 기구들을 분주하게 정리하고 있었다. 누이는 더 이상 반질반질한 땟자국이 눌러붙은 검은 교복을 입은 단발머리 여학생이 아니었다. 누이는 잠시 기다리라며 나와 어머니를 대기실 테이블에 앉혀 놓고, 입안 가득 흰 치약 거품을 물고 양치질을 했다. 가끔 나를 뒤돌아보며 알 수 없는 말을 웅얼거리곤 했는데, 그럴수록 그녀의 입에서 버글버글 일어나는 흰 거품은 더 크게 부풀었다.

"병원서 자냐?"

입가에 묻은 물기를 손으로 쓱쓱 닦으며 다시 우리 곁으로 다가온 누이에게 어머니가 대뜸 물었다. 방에는 간이침대도 있고 옷장도 있으니 걱정 말라고 누이가 말했고, 어머니는 그럼 방이나 한 번 구경하자고 말했지만, 누이는 그럴 필요 없다며 우리를 밖으로 내몰았다. 시골로 다시 들어갈 수 없는 우리는 누이가 구해준 여인숙에서 잠을 잤다. 누이와 나와 어머니의 순서로 우리는 작은 이불 위에 나란히 몸을 눕혔다. 나는 서울에서 하룻밤을 자게 됐다는 사실이 무엇보다 기뻤지만, 그 무렵 누이에게는 엄마보다도 나보다도 더 좋은 남자가 곁에 있었다는 것을 나중에나 알게 되었다.

누나의 남자는 동사무소에서 서기보로 근무하는 말단 공무원이었다. 어머니는 공직에 있는 사위를 맞은 것을 무엇보다 기뻐했고, 그것이 오로지 시영엄마의 간절한 기도 때문이라고 믿었다. 누이와 결혼을 할 때는 말단 공무원이었지만, 그 후 공복을 벗고 사업에 뛰어든 그는 평생을 남대문에서 아동복을 만들어 팔았다. 처음에는 제법 잘 되는 듯했지만, 곧 수입 스포츠 브랜드에 밀리고 중저가 캐주얼 메이커에 치이면서 장사는 사양길로 접어들었고, 폐업을 할 수밖에 없었다. 결국 평생 옷 먼지 속에서 살았던 그에게 남은 것은 빚뿐이었다. 그는 그 빚을 청산하기 위해 택배기사와 대리운전까지 하며 뛰어다녔지만, 다 갚지도 못한 채 세상을 떴다.

버스가 양수리 부근을 지날 무렵, 핸드폰이 주머니 속에서 부르르 몸을 떤다. 화면을 보니 엄마라는 글자가 떠 있다. 어머니가 세상을 뜬 이후로, 누이는 내게 살아 있는 엄마가 되었다. 8살이나 터울이지는 나를 어렸을 때부터 업어 키우다시피 했고, 결혼 후에도 자식이 없었던 탓에 나를 아들처럼 여겨왔다.

"인아. 어디야? 올라오는 거 아니지? 올라오지 마. 누나, 괜찮다. 너 바쁜데."

누나는 대답할 틈을 주지 않고 재우쳐 말한다. 그만큼 아픈 몸이 부대끼고 마음이 산란한 것이다.

"조금만 기다려. 지금 가고 있어."

늙은 어미를 달래듯 누이에게 말한다.

"어휴. 어쩌니? 앞뒤 없이 사람을 불렀으니, 이 주책을 어떡하니."

누나의 음성은 젖은 수건처럼 축축하고 무겁다.

"아니. 왜? 보고 싶어서 가는데, 싫으면 다시 내려갈까?"

내가 부러 퉁명스러운 말투로 농을 던진다. 누이가 애써 보내는 웃음소리를 듣고 전화를 끊는다.

옆 자리에 앉은 아주머니의 시선을 느끼고 고개를 돌린다. 어색하게 나와 눈이 마주친 아주머니가 조심스레 말문을 연다.

"집에 가나봐요? 각시가 엄청 보고 싶어하나 보네요."

잘못 짚어도 단단히 잘못 짚은 아주머니의 참견을 어떻게 바로잡아야 할지 난감하다.

"엄마한테 가요."

나는 온화한 누이의 모습을 떠올리며 미소 짓는다.

"엄마 사랑 많이 받았나보네요. 아직도 엄마라고 하는 거 보니."

아주머니는 이제 너털웃음까지 치며 말한다.

이러다가 올해 나이가 어떻게 되느냐, 결혼은 했느냐, 아이가 몇이냐, 여러 가지를 물어올 것 같아, 얼른 창문 쪽으로 시선을 돌린다. 이어 부스럭부스럭 비닐봉투를 뒤적거리는 소리가 들리더니, 눈앞에 넓적하고 두툼한 것이 불쑥 나타난다.

"들어봐요. 저녁 시간이라 출출할 텐데. 이 놈 마시면서 같이."

아줌마의 오른 손에는 시루떡이, 왼손에는 사이다 한 캔이 들려 있다. 나는 사양할 틈도 없이 그것을 받아 쥐고 만다. 그녀는 어서 먹으라고 턱짓까지 해 가며 나를 보챈다. 어쩔 수 없이 떡을 한 입

베어 문 나를 보고 나서야 그녀는 시선을 거둔다.

4

아침 첫차를 타야 한다는 얘기를 들었지만, 눈을 떠보니 이미 버스 안이었다. 어머니는 잠든 나를 들쳐 업고 버스에 오른 것이었다. "여기가 안양이다."

나는 군내버스에서 무려 한 시간 반 동안 아침잠에 골아 떨어져 있었던 거였다. 거기서 다시 시외버스를 갈아타고 어머니와 나는 서울로 향했다. 버스는 아스팔트길을 시원스레 내달렸다. 어머니를 졸라 터미널 매점에서 산 '사브레'와 '웨하스'는 소비조합에 무더기로 쌓여 있는 '자야'나 '짱구'에 댈 것이 아니었다. 나는 신발을 벗고 양반다리를 한 채, 과자를 하나씩 입에 넣어 가며, 두어 시간 동안 만화경을 들여다보듯 차창을 통해 높고 휘황한 세상을 관람했다.

서울에 있는 터미널은, 흙먼지를 날리며 섰다가 오라이를 외치며 출발하는 시골 정류장이 아니었다. 경사로를 따라 버스가 쉴 새 없이 오르내리고 수많은 사람들이 줄지어 타고 내릴 수 있도록 만들어진 이 건물이, 나는 탑처럼 쌓아올린 흰개미떼의 소굴 같았다. 어머니는 이리저리 안구를 굴리고 있는 나를 잡아채어 서둘러 시내버스에 올라탄다. 어디가 어딘지 모르게 거미줄처럼 이어진 길들을 따라 대열을 지어 가다서다를 반복하고 있는 차들이, 한 치의 뒤엉킴도 없이 일사불란하게 움직이는 모습을 신기하게 바라보았다. 다리를 건널 때 어머니는 짧게, 한강, 이라고 내게 말했다. 강이라고 하기에는 너무 넓었고, 강물이라고 하기에는 너무 탁했다. 흘러가는 것이 아니라 고여 있는 것 같았다. 나는 그 잿빛 물이 괴물 도시의 거대한 시궁창처럼 느껴졌다.

종로라는 곳에 내리자 어머니는 한옥들이 즐비한 좁은 골목길로 나를 이끌었다. 그녀는 자꾸 이상하다는 말을 반복하며 이 골목 저 골목으로 헤매 다녔다. 도시의 뒷골목은 큰 도로의 복잡함에 비할 것이 아니었다. 그곳은 모든 골목이 똑같이 생긴 빠져나갈 수 없는 미로였다. 어머니는 계속해서 여기가 맞는데, 이상하다, 라는 말을 반복하며 정신없이 골목길을 헤집고 다녔다. 날은 추웠고, 맨홀 뚜껑 위로는 몽글몽글 김이 올라오고 있었다. 맨홀 근처를 지날 때마다 비릿하면서도 향긋한 냄새가 끼쳐왔다.

"엄마. 서울에선 시궁창 물 냄새도 좋네요."

내가 어머니의 팔에 매달리면서 말했다. 어머니는 이게 미쳤나, 하는 표정으로 나를 보더니, 잠시 후 여기다, 를 외쳤다. 거기엔 붉은 깃발이 세워져 있었고, 대문에는 卍자가 양 옆으로 새겨져 있었다. 집 안에서는 북소리와 징소리가 엷게 새어나왔다. 어머니를 따라 열린 문을 밀고 안으로 들어가자 향냄새가 물씬 풍겨왔다. 이상한 단절과 공포의 느낌이 온몸을 휘감았다. 내 손을 잡고 툇마루로 가 아픈 다리를 주무르며 앉아 있던 어머니 뒤로 미닫이문이 드르륵 열렸다.

"이게 누구야!"

파란 바탕에 붉은색 쾌자를 걸친 한 여자가 어머니를 반기며 말했다. 머리는 쪽을 지었고, 흰 머리띠를 질끈 묶고 있었다.

"아이구. 엄마."

언제나 엄했던 내 어머니가 다짜고짜 그녀를 엄마라고 부르자 나는 적이 당황했다.

"내가 자네 올 줄 알고 미리 치성을 드리고 있었네."

그녀는 컬컬한 목소리로 어머니의 손을 잡고 안으로 이끌었다. 어머니는 결사적으로 손을 잡고 있는 나를 떼어내 구석진 자리에 앉혔다.

미리 준비가 된 듯, 굿은 바로 시작되었다. 그것은 아마도 이장 집에 있는 마을의 유일한 전화기로 미리 전갈을 넣었기 때문일 것이었다. 요란한 징소리가 계속해서 울렸다.

어머니는 굿을 하는 내내 고름 같은 눈물을 흘렸다. 여러 개의 깃발을 손에 쥔 시영엄마는 구석에 앉아 있는 나에게도 깃발을 뽑게 했다. 내가 무슨 색의 깃발을 뽑았는지는 알 수 없었지만, 무당은 버선발로 내 주위를 겅중겅중 뛰며 계속해서 요령을 흔들어댔다. 무슨 말인지 알 수 없는 염불 소리가 계속되고 그에 장단을 맞춰 북소리와 징소리도 정신없이 돌아갔다. 어머니는 시영엄마의 꾸지람을 들으며 자꾸 잘못했다며 눈물을 흘렸다. 항시 매서울 정도로 차가운 어머니의 마음을 한순간에 녹아내리도록 만든 신기가 나는 두려웠다. 이년아, 네가 나를 홀대를 해. 이 미친년! 무당은 할머니의 목소리로 어머니에게 말했다. 그러자, 어머니는 잘못했어요, 잘 할게요, 를 연발하며 울었다. 무당은 엄마에게 남편 잡아먹은 년이라며 어머니의 가슴을 밀쳐냈고 그럴 때마다 어머니는 힘없이 뒷걸음치며, 잘못했다는 말만 되풀이했다.

어머니가 시영엄마에게 어떤 위로를 받았는지, 빙의 들린 목소리로 전해준 공수가 무엇인지는 모르지만, 나는 그토록 처참하게 무너지는 어머니가 불쌍했다. 그 순간에 대한 기억은 나 스스로도 뒤죽박죽인 탓에 사실 그 상황을 묘사한다는 것은 어려운 일이다. 결국 어머니는 분홍색 보자기에 고사 음식을 싸들고 다시 밖으로 나왔다. 나는 힐끔힐끔 무녀의 눈치를 보며, 어머니의 소맷자락에 매달려 걸음을 옮겼다. 엄마, 왜 울었어, 그 시영엄마라는 사람 나빠, 라고 말하고 싶었지만, 입은 굳어 좀처럼 떨어지지 않았다. 이런 장면을 볼 것이라면 서울에 따라오는 것이 아니었다는 때늦은 후회가 밀려왔다.

"여기 잠깐 서 있어라."

어머니는 골목 어귀의 구멍가게에서 찐빵 하나를 사 들고 나와 그것을 내 손에 들려주었다. 내가 아무 말도 하지 않았는데 말이다. 김이 모락모락 나는 찐빵을 한 입 베어 물자, 뜨거운 팥소가 삐져나왔다. 나는 입 속이 데는 것도 모른 채, 허겁지겁 찐빵을 다 먹어 치웠다.

이제 온 길을 다시 되짚어 가야 한다는 생각이 아득하게 느껴졌다. 그런 생각을 끝으로 나는 도시의 풍경을 더 이상 눈에 담지 못하고, 차 안에서 내내 골아 떨어져 있었다. 슬픈 장면을 목격한 것만으로도 지쳐있었던 모양이었다. 무거운 음식 꾸러미를 들고, 잠에 취해 비틀거리는 나까지 챙기느라 어머니는 배로 힘들었을 것이었다. 나는 그것까지 헤아릴 수 있는 나이가 아니었기에, 어떻게 차에서 내리고, 또 어떻게 걷고, 다시 차에 올랐는지 기억할 수가 없었다.

집으로 돌아오는 군내버스 안에서 나는 잠이 깨었다. 칠흑 같은 어둠이 들어찬 차창 밖으로 물방울들이 빗금을 그으며 맺혀 있었다.

"밖에 비 온다."

어머니가 창문을 두드리며 말했다. 그럼 집까지 비를 맞고 가야 하는 건가, 하는 생각이 들었지만, 나는 덜컹거리는 비포장 길의 진동에 온몸을 맡긴 채 늘어져 있었다. 미군 레이더 기지가 있는 마을 근처를 지나자 몇 개의 불빛들이 어둠 속에서 밝게 빛을 냈다. 조금만 더 가서 고갯길 하나를 넘으면 된다고 나는 거리를 어림짐작하고 있었다. 산밭이라는 마을에 할아버지가 읍내에 갔다가 거나하게 취해 돌아오는 길에 이 고개를 넘게 되었는데, 글쎄 땅바닥에서 물고기가 펄떡펄떡 뛰고 있는 게 아니겠어. 그래서 그것을 맨손으로 죄다 잡아 바구니에 담았는데, 술이 깨서 보니까 모두 돌맹이였다는구나. 아마 길 옆에 있는 상여집에 사는 귀신이 장난을 친 거지. 너도 밤늦게 저 고갯길에 나가면 안 된다. 알겠지? 언젠가 어김없이 술에 취해 집에 들어온 아버지가 나에게 전해준 이야기다. 술 취한 아저씨가 돌맹이를 물고기로 착각한 소극 같은 일화이지만, 나는 그 얘기를 생각하기만 해도 등골이 오싹했다.

기사 양반 세워요, 라는 말에 버스가 멈추자, 어머니는 무거운 보따리를 챙겨 들고, 내 손목을 쥔 채 문 쪽으로 발을 옮겼다. 문 위로 노란 불이 켜지고 어머니와 내가 출입문 계단으로 발걸음을 내딛는 순간, 내 눈 앞엔 검은 우산을 쓰고 있는 누나의 모습이 나타났다. 누나가 신작로까지 나와 어머니와 나를, 구원처럼 기다리고 있었던 것이다. 누나는 어머니의 무거운 짐을 받아 쥐고, 어머니와 나는 누이의 손에 들려 있던 우산을 쓰고, 집을 향해 비탈길을 올랐다. 잠시 후, 나는 어머니의 손을 놓고 누이의 우산 속으로 쪼르르 달려가 누이의 팔뚝을 껴안았다. 나쁜 아줌마 때문에 엄마가 막 울었다고 말하고 싶었지만, 그보다 먼저 울음이 터졌다. 누나는 우리 인이가 서울 갔다고 온다고 많이 힘들었구나, 라며 내 머리를 자꾸 쓸어내렸다. 우산 위로 떨어지는 빗소리가 내 울음소리만큼이나 크게 들렸다.

5

상봉동 터미널에 버스가 멈춰 서자, 사람들이 우르르 자리에서 일어선다. 아주머니가 손에 쥐어 준 시루떡은 이미 입 속으로 사라지고 사이다도 다 비워진 후다.

"아주머니, 덕분에 잘 먹었습니다. 고맙습니다."

내가 깊이 고개를 숙이자, 아주머니는 손사래를 치며 인사 받기를 사양한다. 그녀는 보살 같은 푸근한 미소를 지으며 나를 바라본다. 그 살가운 초로의 여인에게서 내 누이의 냄새가 난다. 나는 다시금 고개를 숙여 고마움을 표한다.

삼양동 치과병원에서 서울 살이의 터를 잡았기 때문일까. 지금도 그녀는 그 언저리를 떠나지 않고 있다. 누나의 집으로 가기 위해 상봉역으로 발걸음을 옮긴다. 몇 달 후면 환갑을 맞는 누나가 몸이 아픈 건 아마도 갑자를 넘기 위한 의례가 아닐까 생각한다. 누나는 항상 내 인생은 덤으로 사는 거야, 라는 말을 반복했다. 6살 때, 원인 모를 병에 연체동물처럼 축 늘어져 닝겔을 꽂고 보름을 앓다가, 시영엄마의 굿으로 살아났다는 누이. 하지만 허리가 부러진 아버지는 시영엄마의 굿으로도 일어서지 못했고, 그 이듬해 가을 죽고 말았다. 나는 아버지가 자살했다는 것을 오랫동안 알지 못했다. 마을 청년들이 상여를 지고 엄마와 누이와 내가 그 뒤를 따랐다. 그는 그가 빌려온 소로 쟁기질을 하던 밭 한 구석에, 뗏장도 한 장 이지 못하고 돌무더기 속에 조용히 묻혔다.

서울서 큰 누이가 식을 올리자, 내가 농업고등학교를 마칠 때까지 어머니는 시골에서 나와 단둘이 살았다. 나는 어디서 굴러들어온 낡은 라디오로, 팝송을 들으며 사춘기를 달랬고, 무엇보다도 이곳을 떠나야 한다는 열망에 닥치는 대로 문제집을 풀었다. 대학을 보내줄 수 있는 능력이 있는지 어떤지는 몰랐지만, 나는 지방의 한 국립대학에 합격을 했다. 이 소식을 들은 누나는, 깡촌 비탈집에서 수재가 났다며 기뻐했다. 누이가 우리 늦둥이 만세를 자신 있게 외칠 수 있었던 것은, 누나가 입학금을 대주겠다는 생각을 이미 갖고 있었기 때문이었다.

강이 많은 도시에서 20대의 새로운 인생을 시작한 나는, 어두운 과거쯤이야 쉽게 잊을 수 있을 거라 생각했다. 그러나 과외와 이런 저런 아르바이트로 학비와 생계를 모두 해결해야 했던 나의 절박한 상황은, 감자와 푸성귀로 연명하듯 살아야 했던 산비탈 집안 자식의 태생적 한계를 거듭 자각케 했다. 2학년을 마치고 군대에 다녀왔지만, 이런 생활은 달라지지 않았다. 경제적인 사정으로 휴학을 밥 먹듯이 했기에 29살이 되어서야 졸업장을 받았다. 신문방송학 전공에 학보사 기자 생활 3년, 토익 700점이라는 깜냥으로 나는 비교적 쉽게 지역 신문사에 들어갈 수 있었다.

평생 따라붙은 궁핍에 대한 의식은 결국 마음의 가난으로 이어졌다. 연애를 하고 싶은 욕망이 없었던 것은 아니지만, 누군가를 마음에 담고 아끼고 위해준다는 것이 내게는 말처럼 쉬운 일이 아니었다. 술을 마시고 여자와 잠자리를 가진 적은 몇 번 있었지만, 이튿날 지갑에서 카드명세서를 꺼내 볼 때면, 성기를 뜯어내고 싶었다. 마흔이 가깝도록 혼자 사는 남자를 주위에서는 별로 달갑게 생각하지 않았다. 누런 와이셔츠 앞주머니에 새겨진 플러스팬의 검고 파랗고

빨간 잉크자국이 나의 트레이드 마크였으니까 말이다. 초고를 쓰게 되면 우선 출력을 해서 검은 색으로 1교, 파란색으로 2교, 빨간색으로 3교를 보았다. 그때 생긴 내 별명이 삼색이었다. "어이, 사회부 삼색이!" 기자 초년생 때부터 데스크에선 나를 그렇게 불렀고 지금도 국장은 사석에서 나를 삼색이 부장이라고 부른다.

어서 배를 맞춰줘야 할 텐데, 라는 누나의 말은 결국 중매로 이어졌다.

"누나가 다니는 절에서 알게 된 아가씬데."

오랫동안 망설여 왔던 얘기인 듯, 누나의 목소리는 자못 자분자분했다.

"우리 큰스님 딸이야. 한 번 만나볼래?"

"네? 스님이 무슨 자식이 있어요?"

나는 누나가 결혼을 얘기할 때마다 쓰는 배 맞다, 라는 말의 육감적인 어감을 떠올리며 반문했다.

"응. 어렸을 때부터 절에서 자란 아가씨야. 유아교육과를 나와서 지금 유치원 선생님 하고 있고. 자기 힘으로 돈 벌어서 작은 빌라도 하나 장만하고. 여하튼 요즘 보기 드문 야무진 아가씨야."

내가 아무 말이 없자, 누나가 다시 말을 이었다.

"얼굴도 곱다."

누나는 외모 평까지 덧붙이며 은근히 내 대답을 채근했다.

"너도 쉽지 않은 인생을 살아와서 여러모로 단단해졌지만, 누나가 보기엔 마음이 너무 여려서 걱정이야. 그래서 너한테 기대는 여자보다는 네가 기댈 수 있는 사람이 필요할지도 몰라."

누나는 수수깡 속처럼 버성긴 내 마음을 훤히 들여다보듯 말했다.

"그럼, 그렇게 하든지요."

나는 어물쩍 대답을 하고 전화를 끊었다. 정상적인 집에서 자란 여자에게 장가가서 받지 못한 부모 복도, 사위 대접도 받고 싶다는 말을 하고 싶었지만, 아무 말도 하지 못한 자신이 미웠다.

내가 그 여자를 만나게 된 건, 누나에게 전화를 받은 그 주 토요일 오후였다. 여자는 동글납작한 얼굴 때문인지 나이에 맞지 않게 애티가 흘렀다. 하지만 큰 눈에도 불구하고 처진 눈꼬리와 작은 코에 앙다문 입은 신산한 그녀의 내력을 증명하는 것 같았다. 나는 커피를, 그녀는 녹차라테를 주문했다. 견디기 어려운 침묵이 계속되었다. 남남이었던 남녀가 서로에게 호감을 느끼게 되고, 그때로부터 생기기 시작한 콩깍지가 서로의 운명을 엮고, 계속해서 지루한 인연을 이어간다는 것이, 과연 사람들이 얘기하는 것처럼 숭고한 가치를 지닌 것일까, 내내 되새김질했다.

여자와 나는 술집으로 자리를 옮겼다. 여자는 수동적으로 따라왔고, 우리는 결국 곱창집의 양철 드럼통을 사이에 두고 마주앉았다. 저녁 겸 술자리로 무심코 들어왔지만, 실내는 사람들로 북적거렸고 술과 안주는 도무지 나올 기미를 보이지 않았다. 그냥 나갈까 하는 생각이 들 때쯤, 붉은 기름이 둥둥 뜬 전골이 가스레인지 위에 올라왔다.

전골이 부글부글 끓어올랐지만 주문한 술이 나올 기미를 보이지 않았다. 나는 직접 냉장고에서 소주병을 꺼내 왔다. 술을 한 잔도 마시지 못한다는 여자에게도 예의상 술을 따라주고 내 잔에도 술을 채웠다. 나는 간단히 건배하는 시늉을 하고 나서 단숨에 술잔을 입 속에 털어 넣었다.

"그럼 지방에 사시겠네요?"

그녀가 먼저 말문을 열었다.

"네. 그래도 지금은 지하철이 개통되어서 수도권이라고 해야지요. 한 시간도 안 돼서 서울에 닿는 걸요."

여자는 내 빈 잔에 술을 채워주지 않았다. 남자와 술자리를 가져본 적이 없어서인지, 아니면 쑥스러워서인지, 남자에게 쉽게 술을 따라주어서는 안 된다고 배워서 그런 것인지 알 수가 없었다.

"보육사 생활은 할 만 하세요?"

내가 연거푸 두세 잔의 술을 비우고 나서 말했다.

"일이라고 생각하면 다 괴로운 거죠."

여자가 간명하게 정감없는 말투로 말했다.

"나도 집 떠나서 혼자 산 게 30년이 넘습니다. 하하하"

술이 마음을 조금 느긋하게 해주는 것 같았지만 어색하게 따라붙은 웃음이 열없이 느껴졌다. 공복에 들어간 술이 속을 뜨겁게 데우고 있는 것이 느껴졌다.

여자는 아무 대꾸도 하지 않았다. 나는 냉랭한 분위기 때문인지 계속 무엇인가를 말해야 한다는 강박관념에 시달렸다.

"나도 집안이 어려워서 대학 다닐 때부터 일이라는 것에서 벗어나 본 적이 없어요. 과외 선생이나 학원 강사는 기본이고, 고속도로 현장에서 방학 내내 일한 적도 있다니까요. 영동고속도로의 몇 킬로는 제 손이 닿았다고 할 수 있죠."

궁상스러운 얘기를 늘어놓는 내가 스스로도 이상하게 느껴졌다.

"왜 저한테, 그런 얘기를 하시죠?"

그녀의 말에 나는 따가운 주삿바늘에 찔린 듯 움찔했다. 내가 당황해 있는 사이 그녀가 다시 말을 이었다.

"누가 누가 더 고생했나. 그런 건가요? 운명을 원망해 봤자 뭐하겠어요? 어쨌든 저도 독립해서 이만큼 살고 있는 거고. 그쪽도 제 사연을 들어서 알고 있겠지만, 저는 태어나자마자 버려진 사람이에요. 지금은 열반에 드셨지만, 큰스님을 아버지처럼 생각하고 살았고요. 남들처럼 평범하게 자라지 못했다고 그 상처에 매달리면 뭐 하겠어요?"

"……."

"어쨌든 그쪽도 지금 잘 살고 있는 거잖아요."

"……미안합니다."

무엇에 대해 사과한 것인지 스스로도 알 수 없었다. 서둘러 이 상황을 어떻게든 모면하고 싶었다.

"그만 나가죠."

그녀가 등받이에 걸쳐 놓은 코트를 거칠게 손에 쥐고 밖으로 나가 버리자, 엉성궂은 가슴속이 한 순간에 와르르 무너지는 것 같았다. 남은 소주를 다 비우고 계산을 마치고 밖으로 나오자, 다리는 힘없이 비틀거렸다. 간신히 곱창집 모퉁이를 돌아 나갈 무렵, 한 사람이 불쑥 길을 막아섰다.

"먼저 나와서 죄송해요."

아마도 그녀는 거기에 서서 내가 나타나기를 줄곧 기다리고 있었던 모양이었다.

나는 아무 말 없이 그녀와 어색한 거리를 두고 걷기 시작했다. 두 블록 쯤 지나왔을 때, 그녀는 갑자기 발걸음을 멈추며 말했다.

"그럼, 조심해서 가세요."

단정한 목소리로 그녀가 말했다.

"그럼 맥주나 한 잔 더 하고 가시죠?"

혀가 반쯤 꼬인 듯한 음성으로 내가 말했다. 그녀는 아니라며 손사래를 치고는 허둥지둥 골목길을 돌아나갔다. 종종걸음 치는 그녀의 쓸쓸한 뒷모습을 보자, 고통의 무게를 견주어 보려고 한 나의 졸렬함이 그제야 부끄럽게 고개를 들었다.

그렇게 헤어졌던 사람이었다. 선주라는 그녀의 이름은 한 번도 불러보지 못했다. 이런 어설픈 만남을 인연이라고 부를 수는 도저히 없는 일이었다. 버스 정류장 같은 데서 잠시 마주친 정도의 조우일 뿐이었다. 며칠 후, 누나가 내게 이런 말을 전하기 전까지는 말이다. 그 아가씨, 너랑 만나고 돌아오는 길에 집 앞에서 교통사고가 났다지 뭐니. 나도 어쩔 수 없이 병문안을 다녀왔는데, 많이 다쳤더라. 이게 웬일이니.

버스에서 내려 시장통을 지나 골목길을 돌아 오래된 이층 양옥집 앞에 선다. 일 층은 세를 주고 이 층에는 누나가 사는데, 작은 창문 하나에만 희미한 불이 밝혀져 있을 뿐, 집안은 어둠 속에 잠겨 있다.

대신 이 층으로 올라가는 쪽문은 그대로 열려 있다. 좁은 계단을 올라 현관문 손잡이를 당기자, 그것마저도 힘없이 스르르 열린다.

"문도 안 잠그고 뭐해?"

현관에 들어선 내가 대뜸 이런 소리로 인기척을 낸다. 안방 문이 빠끔 열리더니 구부정한 누이의 모습이 실루엣으로 눈에 들어온다. 나는 왈칵 눈물이 쏟아질 것 같다. 누이가 거실에 불을 켜자, 미색 카디건을 걸친 누나의 초라한 체구가 드러난다.

"많이 아파요?"

거실을 가로질러 오는 누이의 손을 맞잡고 말한다. 아무 말도 없이 빙긋이 웃는 누이의 얼굴에 볼우물이 깊게 팬다.

매형이 세상을 뜨자, 이제 어머니를 모시고 살겠으니 서울로 오라는 누이의 청도 뿌리치고, 어머니는 끝내 산비탈을 지키다가 저세상으로 떠났다. 내가 막 신병훈련소를 마치고 자대에 배치를 받아, 혹독한 신고식을 치르고 있을 무렵, 어머니는 아버지의 돌무더기 곁으로 가 누웠다. 내가 입대를 하기 위해 산비탈을 떠날 때, 마지막으로 잡았던 어머니의 손이, 지금 내 손 안에 있다.

"엄마."

이렇게 누이를 부르자 기어코 눈물이 쏟아진다.

"인아, 왜 울어? 울지 마. 누나, 안 아파. 늙느라고 그러지."

누이는 내 울음에 당황해 어쩔 줄을 모른다.

"어디가 아픈데? 응?"

누나는 아무 말 없이 내 손등을 쓰다듬는다.

나는 아픈 누이가 차려주는 저녁을 먹는다. 신 김치와 무말랭이와 된장찌개가 전부지만, 거기에는 산비탈에서 어머니가 해주었던 음식 맛이 배어 있다. 누이는 어머니 같은 눈길로 나를 어루만진다.

"누나. 내일, 선주라는 아가씨 병문안 가볼까?"

내가 뜬금없는 말을 던진다.

"그래. 어쨌든 너 만나러 왔다가 사고가 난 거니까."

누나가 아무렇지도 않다는 듯이 말한다. 병원을 물어보니 집에서 그다지 떨어진 데도 아니다.

"아니, 내 말은, 누나도 거기서 진찰 받아보고, 그 아가씨한테도 가보자는 얘기죠. 일석이조."

나는 약간의 장난기를 섞어 말한다. 능글맞은 웃음까지 덧붙이고 나니, 그제야 누나의 얼굴에 웃음이 번진다.

"사람의 인연이라는 게 버스 정류장 같은 법이지."

누나가 내 밥그릇에 물을 따르며 나직한 목소리로 말한다.

순간, 가을 철쭉 같은 놈이라고 나를 책망했던 만신이 떠오른다. 외딴 산비탈 돌무더기 속에서 싹이 터, 미미한 생의 온기를 봄의 훈풍으로 착각하고 꾸역꾸역 살아온 시간들이, 아깝지 않다. 길을 떠날 버스가 미리 사고가 날 것을 염려하여 매양 서 있을 수 없듯, 잡아탄 버스가 싫다고 달리는 차에서 뛰어내릴 수 없듯, 생의 시간은 쉼 없이 흘러간다. 가을에 피어나는 정신 나간 철쭉도 있고 미친 개나리도 있는 것처럼, 세상의 모든 운명은 호기(好期)를 맞추지 않는다고 생각해 본다. 나는 누이의 가냘픈 손을 꼭 부여잡고 따스한 손등에 말없이 얼굴을 비빈다. 사르륵사르륵하는 소리가 괜찮아, 괜찮아, 속삭이는 것 같다.

김정남 소설가
1970년 서울 출생. 2004년 강릉 귀화. 2002년 『현대문학』(평론)·2007년 매일신문 신춘문예(소설) 등단. 소설집 『숨결』·『잘 가라, 미소』, 장편소설 『여행의 기술―Hommage to Route7』 등

목련 그늘

: 심재상 시인 화갑 기념 문집

© 심재상 외, 2015

1판 1쇄 인쇄_2015년 11월 10일
1판 1쇄 발행_2015년 11월 20일
지은이_심재상 심재휘 박용하 이홍섭 권현형 김창균 김남극 이호영 최영순 정의진 김정남
펴낸이_양정섭
표지사진_ⓒ이호영_오래된 정원_달을 노래하다(영상 가변 설치, 2015)

펴낸곳_작가와비평
　　　등록_제2010-000013호
　　　블로그_http://wekorea.tistory.com
　　　이메일_mykorea01@naver.com

공급처_(주)글로벌콘텐츠출판그룹
　　　대표_홍정표
　　　편집_송은주　디자인_김미미　기획·마케팅_노경민　경영지원_안선영
　　　주소_서울특별시 강동구 천중로 196 정일빌딩 401호
　　　전화_02) 488-3280　팩스_02) 488-3281
　　　홈페이지_http://www.gcbook.co.kr

값 11,200원
ISBN 979-11-5592-168-5 03810